BARDET · JUSSEAUME

CHRONIQUE de la MAISON LE QUÉANT

Les fils du Chélif

3

ÉDITIONS Glénat

Dépôt légal : Septembre 1987

Realisation Partenaires
Imprimé en France

MAURY-IMPRIMEUR S.A. – 45330 MALESHERBES

* VOIR TOME II LES QUARANTE-HUITARDS.

... LE FLOT D'ÉMIGRANTS FINIRA PAR SE TARIR, CETTE POLITIQUE DE COLONISATION EST PRÉMATURÉE, PARCE QUE LES INDIGÈNES SONT...
ALLONS MON CHER BORIES ! IL NOUS FAUT ACCUEILLIR CES NOUVELLES TÊTES CHAUDES !
AFFAIRES MILITAIRES
HÉ ! P'TIT SAUVAGE ! FAIS COMME CHEZ-TOI !
JUSTEMENT ! ILS SONT CHEZ EUX, MARNIAC ! LA CONQUÊTE N'EST RIEN...
... SI NOUS NE POUVONS NOUS ACCOMMODER POUR VIVRE ENSEMBLE !
BORIES !... CES GENS-LÀ NE CONNAISSENT QUE LA FORCE ! ...
... MAINTENANT, VOYONS LE COURRIER DE FRANCE, VOULEZ-VOUS ?

2

ON Y EST AMELIE ! LA TERRE PROMISE !!
PUISSIONS NOUS Y FAIRE NOTRE PLACE.
QUE LA MALÉDICTION SOIT SUR VOUS CHIENS PUANTS !
QUE FAIS-TU LÀ, À RÊVER, AU LIEU DE PROTÉGER TON PAUVRE FRÈRE... L'INFIRME KACEM... QU'ON MALTRAITE SOUS TES YEUX ??...
IL FAUT QU'ELLE BOIVE... POUVEZ-VOUS FAIRE QUELQUE CHO...
HÉ LÀ ! OH ! QU'EST CE QUE C'EST ? SUR LA PLACE COMME TOUT LE MONDE POUR LE RASSEMBLEMENT ?
LAISSE LES ROUMIS DAOUD ! IL N'Y A RIEN À ATTENDRE D'EUX. ILS SONT VENUS POUR FAIRE SAIGNER NOS TERRES !
OU LES FÉCONDER ?

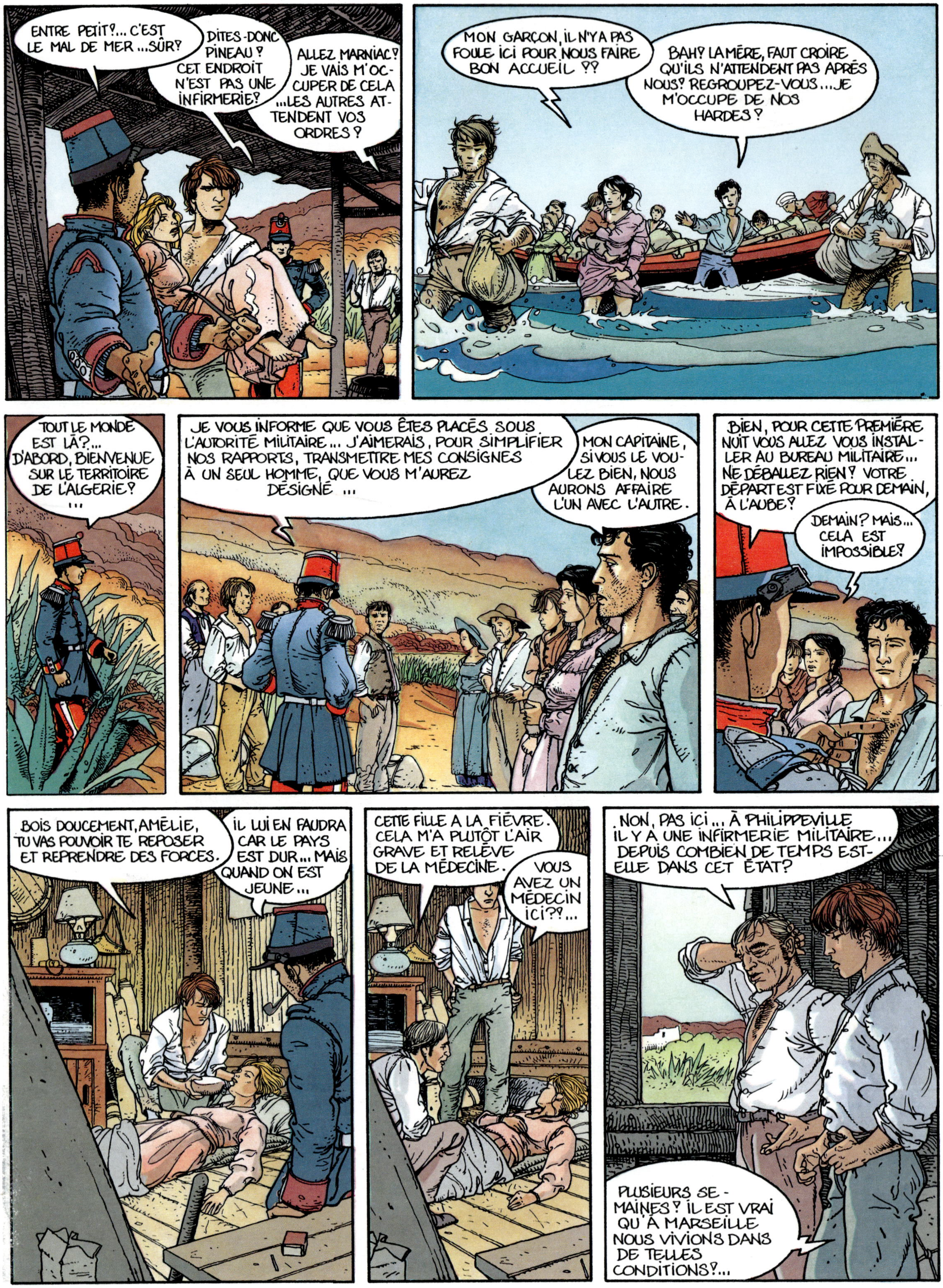
ENTRE PETIT?... C'EST LE MAL DE MER ...SÛR?
DITES-DONC PINEAU? CET ENDROIT N'EST PAS UNE INFIRMERIE?
ALLEZ MARNIAC? JE VAIS M'OCCUPER DE CELA ...LES AUTRES ATTENDENT VOS ORDRES?
MON GARÇON, IL N'Y A PAS FOULE ICI POUR NOUS FAIRE BON ACCUEIL ??
BAH? LA MÈRE, FAUT CROIRE QU'ILS N'ATTENDENT PAS APRÈS NOUS? REGROUPEZ-VOUS ... JE M'OCCUPE DE NOS HARDES?
TOUT LE MONDE EST LÀ?... D'ABORD, BIENVENUE SUR LE TERRITOIRE DE L'ALGÉRIE? ...
JE VOUS INFORME QUE VOUS ÊTES PLACÉS SOUS L'AUTORITÉ MILITAIRE... J'AIMERAIS, POUR SIMPLIFIER NOS RAPPORTS, TRANSMETTRE MES CONSIGNES À UN SEUL HOMME, QUE VOUS M'AUREZ DÉSIGNÉ ...
MON CAPITAINE, SI VOUS LE VOULEZ BIEN, NOUS AURONS AFFAIRE L'UN AVEC L'AUTRE.
BIEN, POUR CETTE PREMIÈRE NUIT VOUS ALLEZ VOUS INSTALLER AU BUREAU MILITAIRE... NE DÉBALLEZ RIEN? VOTRE DÉPART EST FIXÉ POUR DEMAIN, À L'AUBE?
DEMAIN? MAIS... CELA EST IMPOSSIBLE?
BOIS DOUCEMENT, AMÉLIE, TU VAS POUVOIR TE REPOSER ET REPRENDRE DES FORCES.
IL LUI EN FAUDRA CAR LE PAYS EST DUR... MAIS QUAND ON EST JEUNE...
CETTE FILLE A LA FIÈVRE. CELA M'A PLUTÔT L'AIR GRAVE ET RELÈVE DE LA MÉDECINE.
VOUS AVEZ UN MÉDECIN ICI??...
NON, PAS ICI... À PHILIPPEVILLE IL Y A UNE INFIRMERIE MILITAIRE... DEPUIS COMBIEN DE TEMPS EST-ELLE DANS CET ÉTAT?
PLUSIEURS SEMAINES? IL EST VRAI QU'À MARSEILLE NOUS VIVIONS DANS DE TELLES CONDITIONS?...

POUR LE BUREAU DES AFFAIRES MILITAIRES, PAR ICI M'SIEURS DAMES !
OUF !... DÉCIDÉMENT, JE PRÉFÈRE MES MILITAIRES À CES CIVILS ... MAIS J'AI TROUVÉ UN HOMME ASSEZ ÉNERGIQUE QUI DEVRAIT COOPÉRER ...
MARNIAC, JE VOUDRAIS VOUS PARLER SEUL À SEUL.
... IL EST INUTILE, MARNIAC, DE PROPAGER LA CHOSE, MAIS JE CRAINS QUE LA PETITE N'AIT LE CHOLÉRA !...
QUOI ?
FAUT PAS RESTER LÀ, MA PETITE, NOUS ALLONS VOUS TROUVER UNE VOITURE POUR VOUS TRANSPORTER À PHILIPPEVILLE.
JE VOUS AC-COMPAGNE !
IL N'EN EST PAS QUESTION ! ELLE DOIT ÊTRE ISOLÉE. VOTRE AMIE VOUS REJOINDRA UNE FOIS GUÉRIE. QUANT À NOUS, NOUS IRONS CE SOIR DANS LA MAISON OÙ SONT RÉUNIS VOS AMIS, POUR ORGANISER NOTRE DÉPART.
IL FAUT PARTIR MAINTENANT POUR ÊTRE À PHILIPPEVILLE AVANT LA NUIT, PETITE.
BAPTISTE ... JE NE PEUX PLUS, JE N'AI PAS LA FORCE DE VOUS SUIVRE...
TIENS !... ELLE TE SERA PLUS UT-ILE QU'À MOI.

HOLÀ BRIGADIER ! PRENDS TA VOITURE ET CONDUIS LA FILLE À L'INFIRMERIE MILITAIRE SANS TRAÎNER !
BAH MINCE ! CAPITAINE, J'SERAI PAS DE RETOUR AVANT LA NUIT PLEINE !
EXÉCUTION ! ET TOI SALE AVORTON, HORS DE MA VUE !... TOUJOURS LÀ À ESPIONNER, CELUI-LÀ !
CHEF ! CHEF ! C'EST RIEN !...
POURQUOI LES ROUMIS FONT-ILS LE BIEN ET LE MAL SANS RAISON ?
L'ARBRE DONNE DES FRUITS AMERS, SANS SAVOIR QU'IL DOIT MOURIR.
LA FILLE EST MALADE... C'EST GRAVE... LE GROUPE PART TOUT DE MÊME À L'AUBE... IL FAUT SE DÉCIDER, DAOUD !
DEMAIN À L'AUBE ! TU TE RENDS COMPTE !
ET COMMENT FERONS-NOUS AVEC LES GOSSES ?
PLUS VITE ON Y SERA, MIEUX ÇA VAUDRA. IL ME TARDE DE VOIR MA TERRE !
...EN ATTENDANT, FAUT S'ARRANGER POUR LA NUIT !
OOH !... FAIS VITE PETIT !
BRANCAS ! PASSE-MOI LE BAGAGE D'AMÉLIE.
ELLE PART À PHILIPPEVILLE POUR Y ÊTRE SOIGNÉE. IL M'EST IMPOSSIBLE DE L'ACCOMPAGNER, QUE FAIRE D'AUTRE BRANCAS ?
T'EN FAIS PAS GARÇON... ILS VONT TE LA REMETTRE SUR PIED
ALLEZ MONSIEUR, TOUT Y EST... PRENEZ SOIN D'ELLE.
VA MON GARS, J'AI BIEN UNE MINUTE !

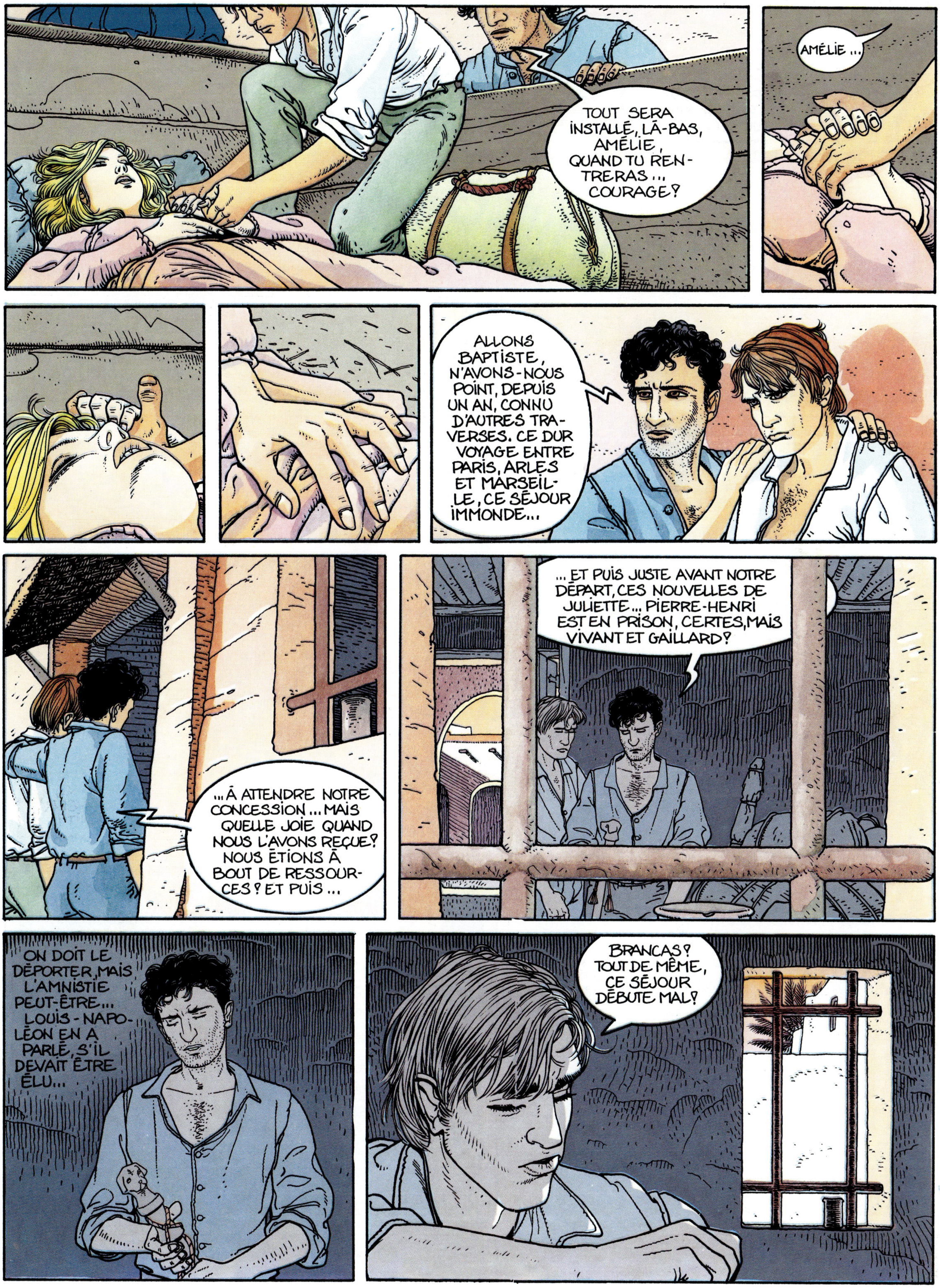
TOUT SERA INSTALLÉ, LÀ-BAS, AMÉLIE, QUAND TU RENTRERAS... COURAGE!
AMÉLIE...
ALLONS BAPTISTE, N'AVONS-NOUS POINT, DEPUIS UN AN, CONNU D'AUTRES TRAVERSES. CE DUR VOYAGE ENTRE PARIS, ARLES ET MARSEILLE, CE SÉJOUR IMMONDE...
...À ATTENDRE NOTRE CONCESSION... MAIS QUELLE JOIE QUAND NOUS L'AVONS REÇUE! NOUS ÉTIONS À BOUT DE RESSOURCES! ET PUIS...
...ET PUIS JUSTE AVANT NOTRE DÉPART, CES NOUVELLES DE JULIETTE... PIERRE-HENRI EST EN PRISON, CERTES, MAIS VIVANT ET GAILLARD!
ON DOIT LE DÉPORTER, MAIS L'AMNISTIE PEUT-ÊTRE... LOUIS-NAPOLÉON EN A PARLÉ, S'IL DEVAIT ÊTRE ÉLU...
BRANCAS! TOUT DE MÊME, CE SÉJOUR DÉBUTE MAL!

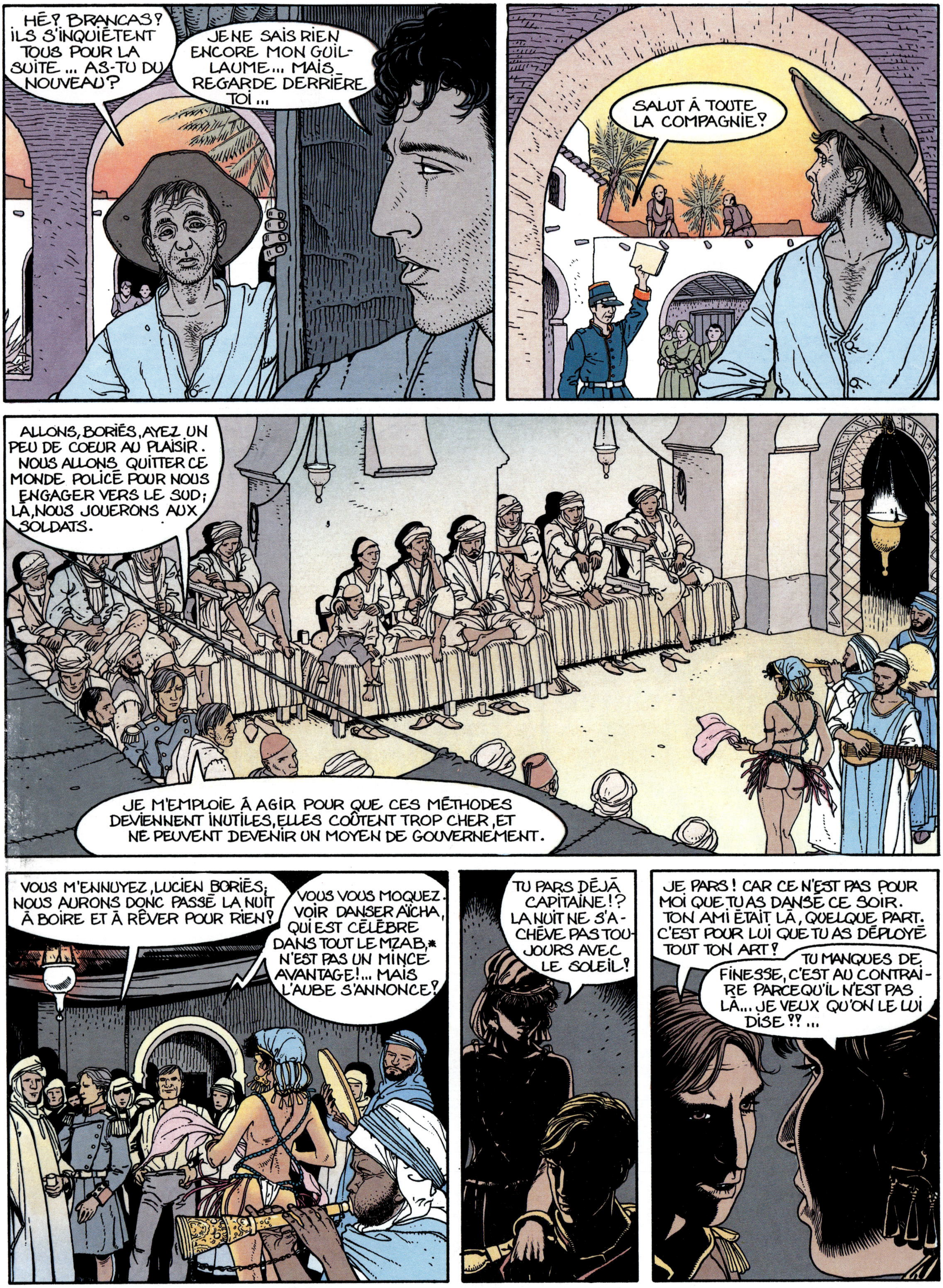

* GROUPE D'OASIS AU NORD DU SAHARA ALGÉRIEN.

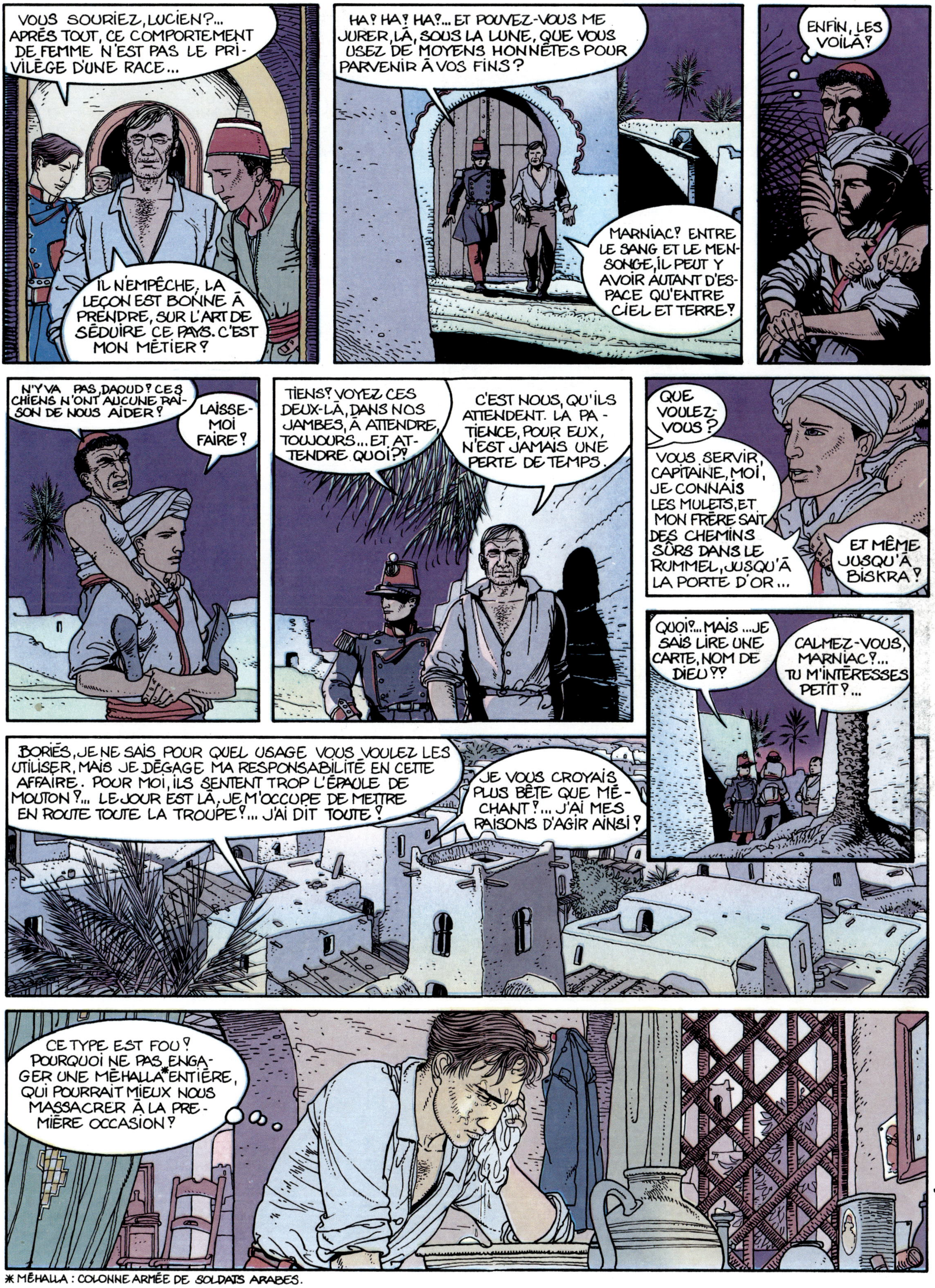

* MÉHALLA : COLONNE ARMÉE DE SOLDATS ARABES.

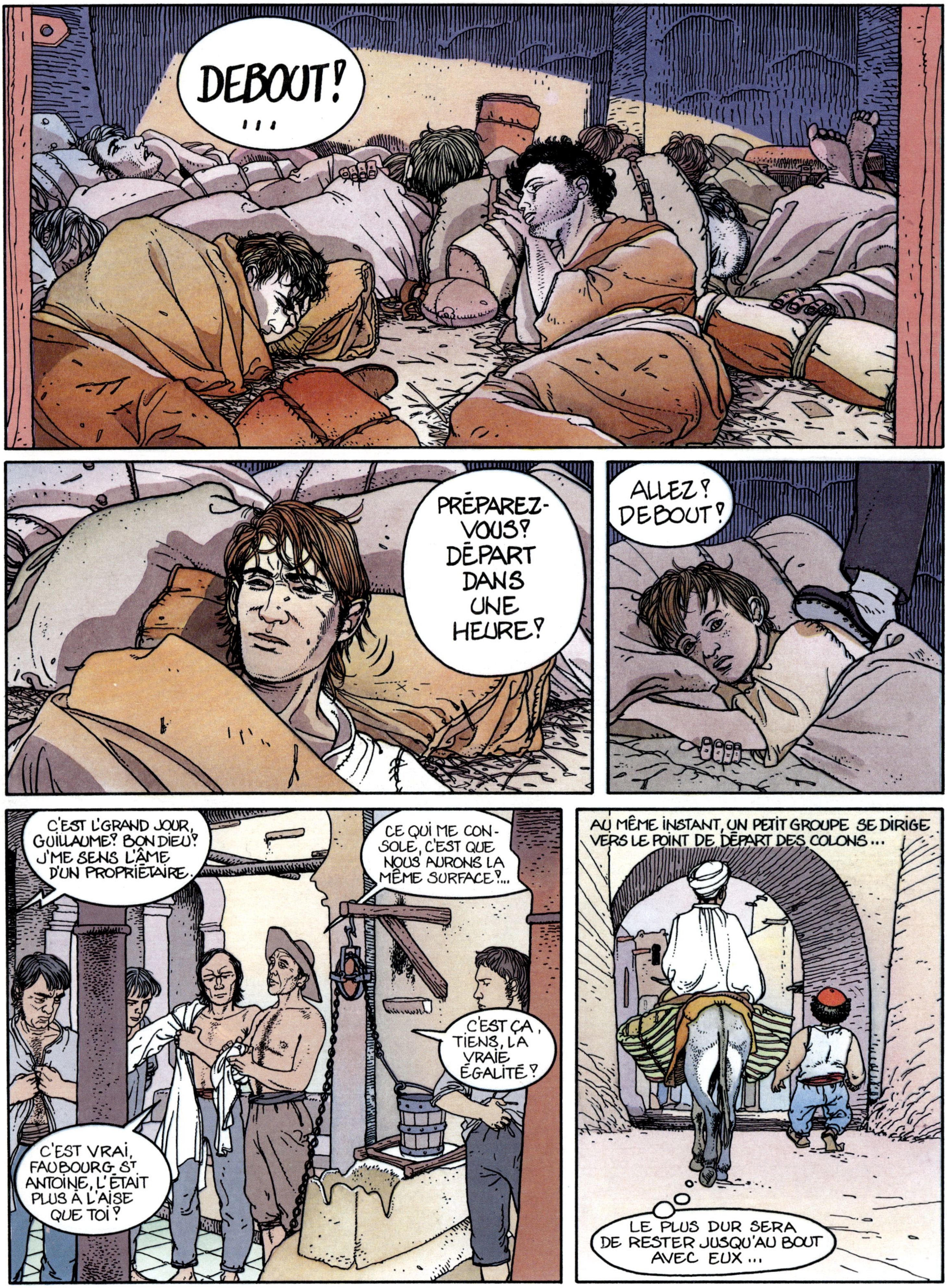
DEBOUT! ...
PRÉPAREZ-VOUS! DÉPART DANS UNE HEURE!
ALLEZ! DEBOUT!
C'EST L'GRAND JOUR, GUILLAUME! BON DIEU! J'ME SENS L'ÂME D'UN PROPRIÉTAIRE.
CE QUI ME CONSOLE, C'EST QUE NOUS AURONS LA MÊME SURFACE!...
C'EST ÇA, TIENS, LA VRAIE ÉGALITÉ!
C'EST VRAI, FAUBOURG ST ANTOINE, L'ÉTAIT PLUS À L'AISE QUE TOI!
AU MÊME INSTANT, UN PETIT GROUPE SE DIRIGE VERS LE POINT DE DÉPART DES COLONS...
LE PLUS DUR SERA DE RESTER JUSQU'AU BOUT AVEC EUX...

HENRIETTE !... PAR ICI ! PAR ICI, MA GRANDE !
T'EN FAIS PAS ON FERA LE TRI À L'ARRIVÉE !
IL Y A DES CHOSES FRAGILES ; NE MÉLANGEZ PAS TOUT !
LES PAQUETS ! LES PAQUETS !
MES LUNETTES ! J'AI PERDU MES LUNETTES ?!
LA DEUXIÈME SECTION PRENDRA EN CHARGE LE RESTE DU CONVOI ! MARCHE... MARCHE !
T'AS LES JAMBES TROP COURTES, PETIOT ?...
TU AS FAILLI RATER LE COCHE, GAMIN !
MOQUE-TOI, ROUMI ! JE SUIS PLUS VIEUX QUE TOI !

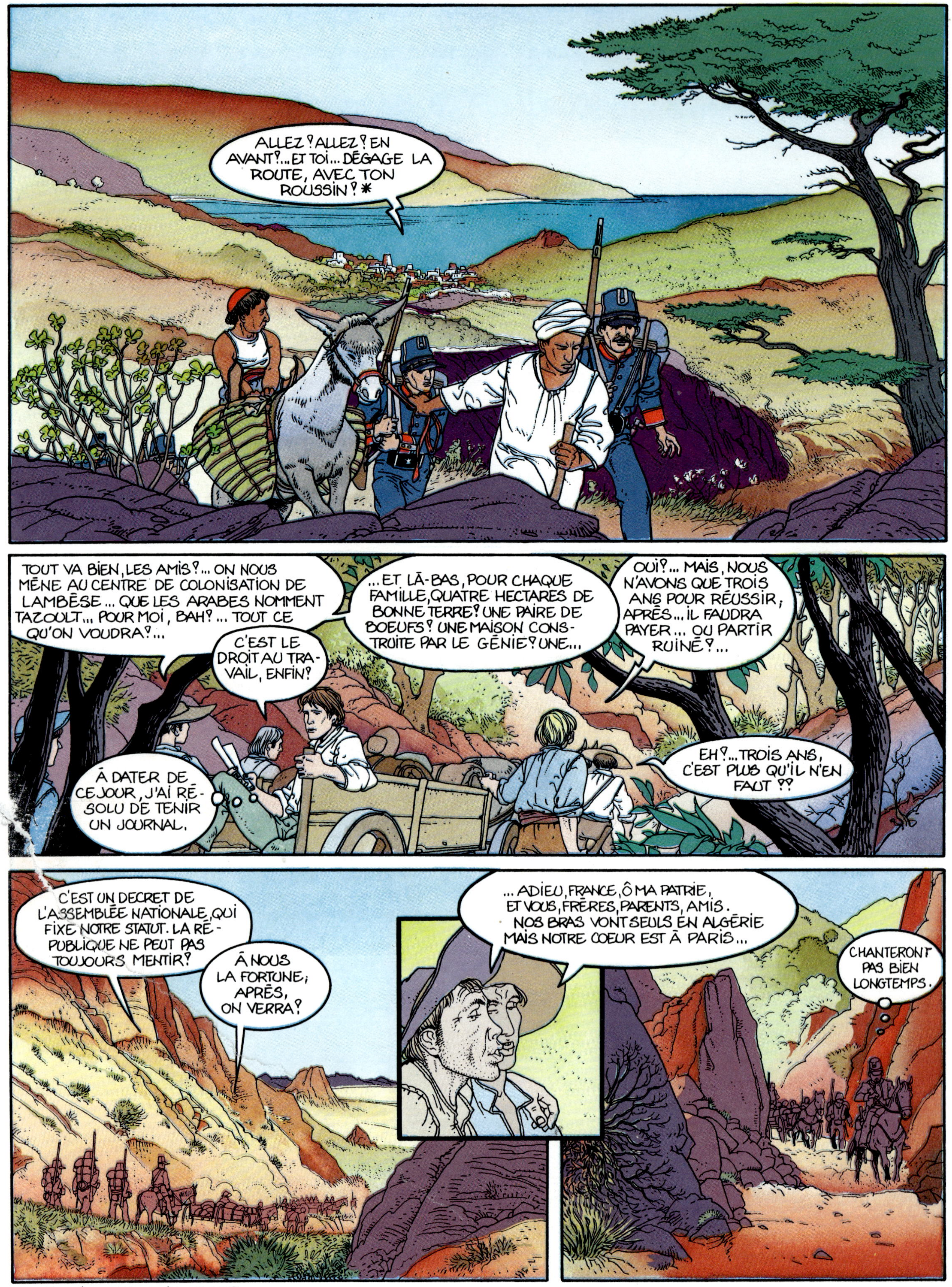

* ROUSSIN : ÂNE D'ARCADIE. (ARGOT.)

LA CHARGE ÉTANT BIEN LOURDE, DANS LES CHEMINS À FLANC DE MONTAGNE, IL FALLAIT DESCENDRE ET MARCHER ...
10 JUILLET 1849
... ÉTRANGE CORTÈGE, SE CONFONDANT AU DÉCOR PÉTRIFIÉ PAR DES SOURCES, COMME AU HAMMAM MESKOUTINE...
NOUS NE FERONS POINT HALTE À CONSTANTINE ?
AVEC NOTRE CHARGEMENT!... FEMMES ET ENFANTS, CE SERAIT DU TEMPS PERDU. LA VILLE EST TROP DIFFICILE D'ACCÈS. J'AI ENVOYÉ DEUX HOMMES AU POSTE MILITAIRE, POUR LE COURRIER ET L'APPROVISIONNEMENT...
VOUS NOUS VOYEZ ENGAGÉS LÀ-DEDANS ! IDÉAL POUR UNE EMBUSCADE, MON AMI !
... 11 JUILLET. ÉVITANT CONSTANTINE, L'ANTIQUE "CIRTA" ROMAINE, NOUS LONGEÂMES LES GORGES DU RUMMEL. PÉNÉTRANT TOUT À FAIT DANS LE PAYS BERBÈRE ...
DE L'EAU? DE L'EAU!

... AVANT D'APPROCHER LES PLATEAUX DES SEBKHAS, ET MALGRÉ NOTRE IMPATIENCE D'ATTEINDRE AU BUT, NOUS NOUS REPOSIONS, PARFOIS, INSOUCIANTS, EN JOUANT COMME DES ENFANTS... 12 JUILLET
... HA! HA! HAA!... QUI DISAIT, IL Y A PEU, QUE DANS CE PAYS, NE POUSSAIENT QUE DES PIERRES?
DE LA FRAÎCHEUR, ENFIN!... SI J'POUVAIS, J'AVALERAIS TOUTE CETTE EAU, JUSQU À SA SOURCE!...
TERMINEZ VOS ABLUTIONS!... L'ENDROIT N'EST PAS SÛR.
CRA
CRA
KRRAAAASHHH
ALERTE!
REGROUPEZ-VOUS!
14.

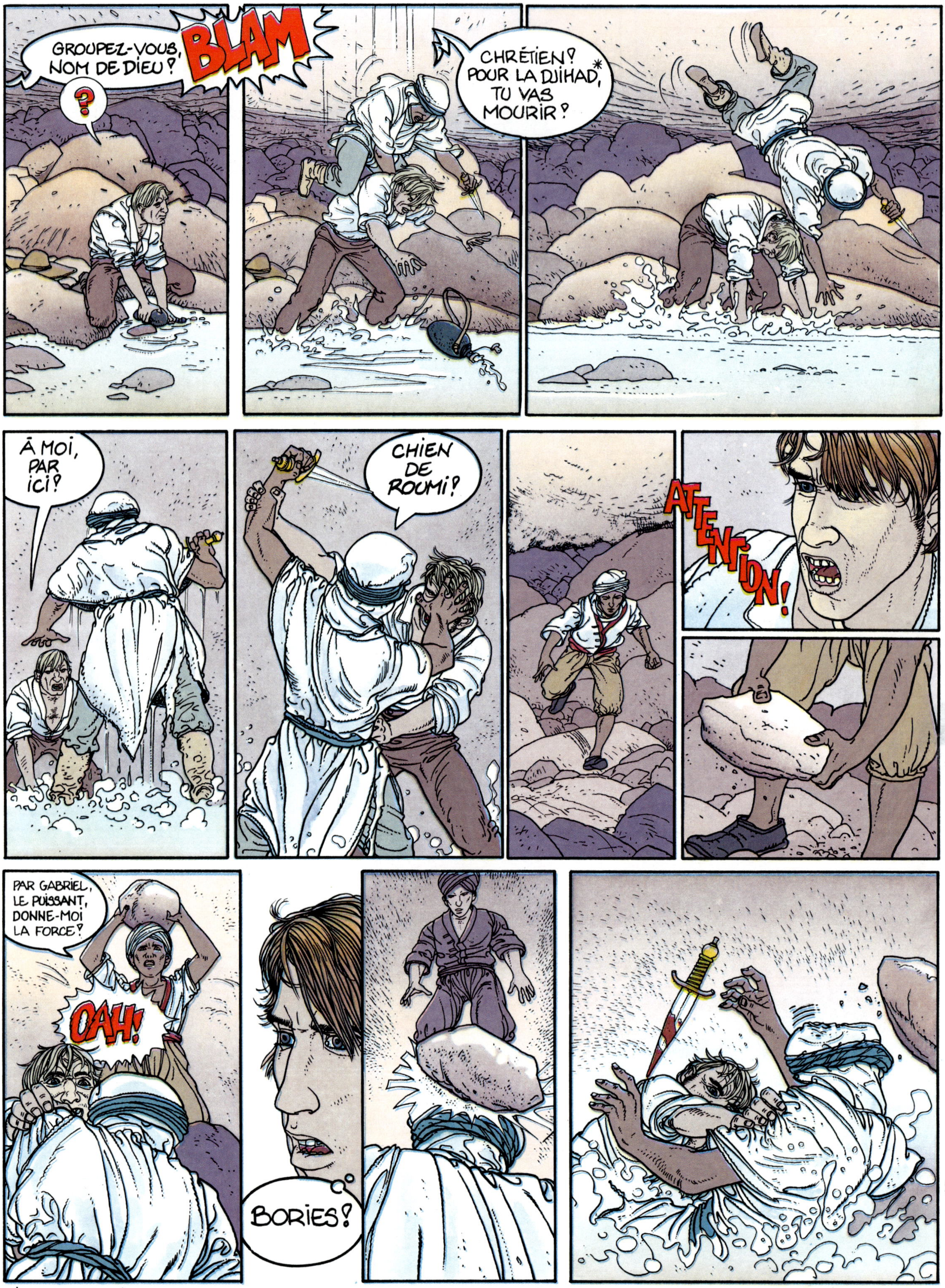

DJIHAD : GUERRE SAINTE .

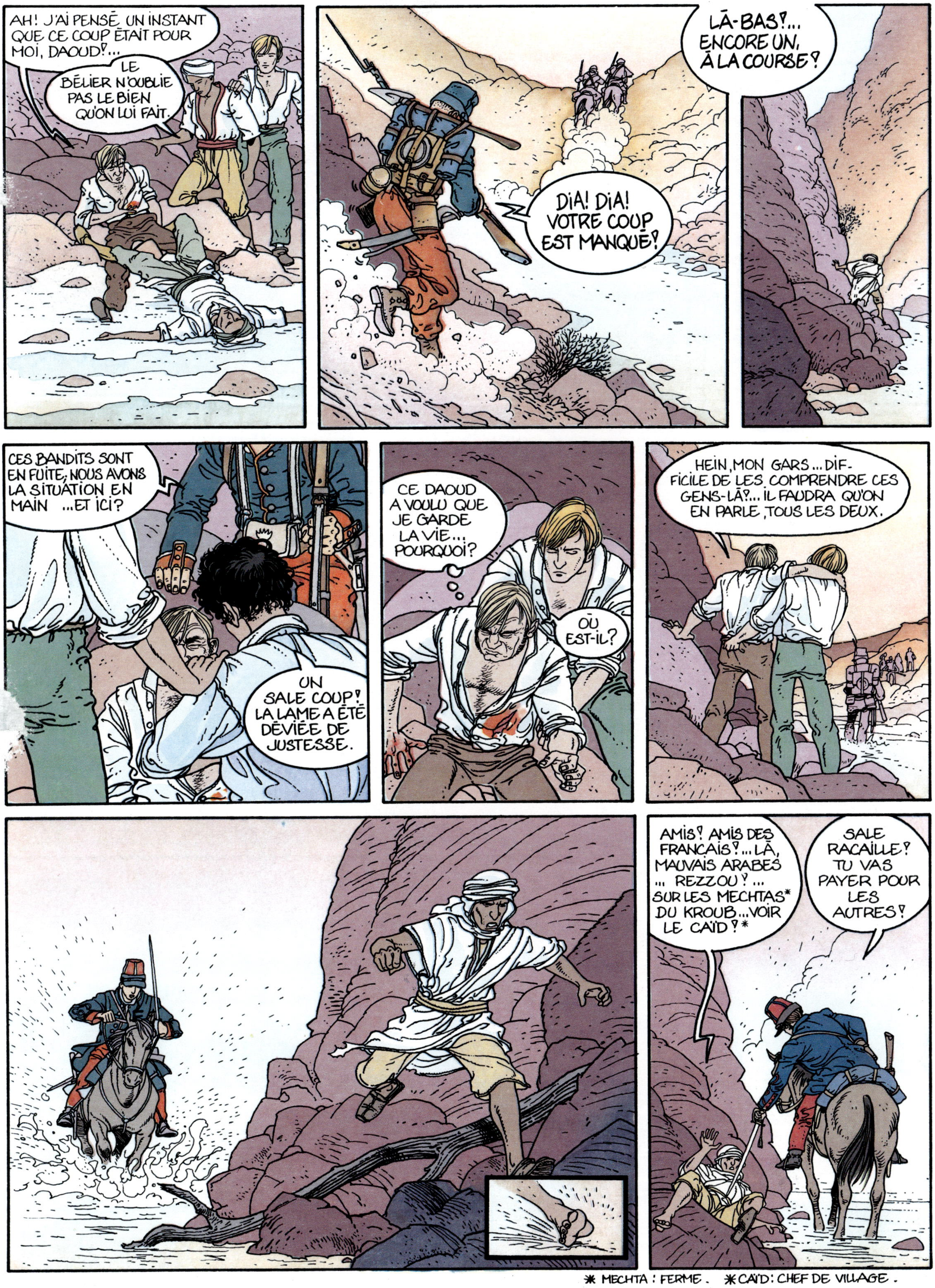

* MECHTA : FERME. * CAÏD : CHEF DE VILLAGE.

* OULED NAÏLS : TRIBU DU SUD .

QUE LA JOIE COUVRE LE MALHEUR QUI EST SUR NOTRE MAISON !
SALUT À TOI CAÏD !
CE N'EST PAS, ICI, LA ROUTE ORDINAIRE QU'EMPRUNTENT LES FRANÇAIS... MAIS TU AS CHASSÉ NOS ENNEMIS; MA MODESTE MAISON EST À TOI !
MERCI !... JE SUIS LE CAPITAINE MARNIAC. J'AI UN BLESSÉ AVEC MOI, PEUX-TU NOUS AIDER ?... ENSUITE NOUS PARLERONS DE CE MASSACRE ET DE CETTE RÉVOLTE.
ON VA BIVOUAQUER ICI, METTEZ LA FERME EN DÉFENSE !
IL A PERDU CONNAISSANCE.
DÉCIDÉMENT ON NAGE DANS LE SANG !
POURVU QU'IL NE CRÈVE PAS ICI; J'AI ENCORE BESOIN DE LUI !
IL A PERDU BEAUCOUP DE SANG, MAIS LA BLESSURE N'EST PAS MORTELLE.

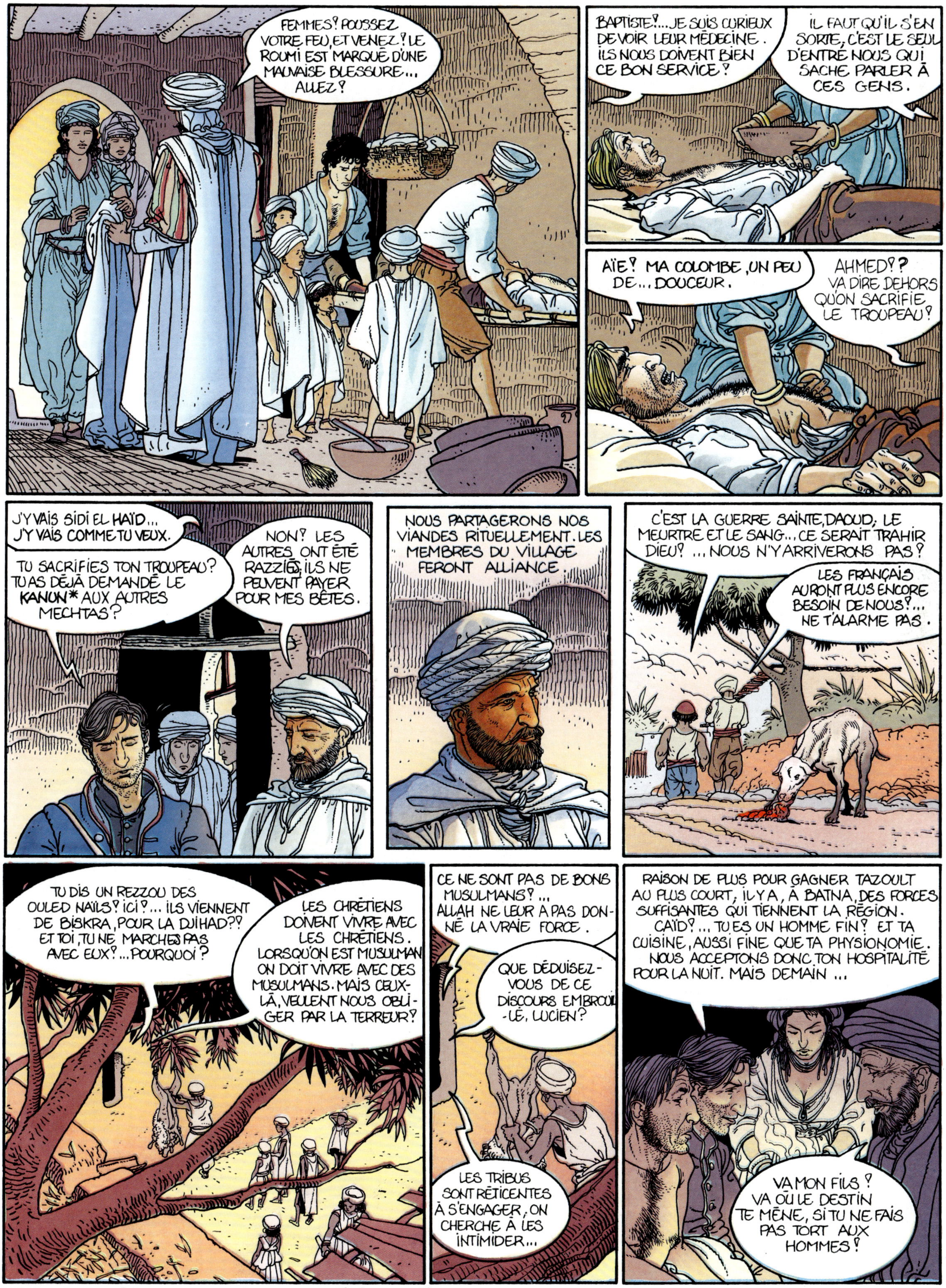

KANUN : TRIBUT VERSÉ PAR CHACUN POUR AIDER LE PROPRIÉTAIRE SPOLIÉ.

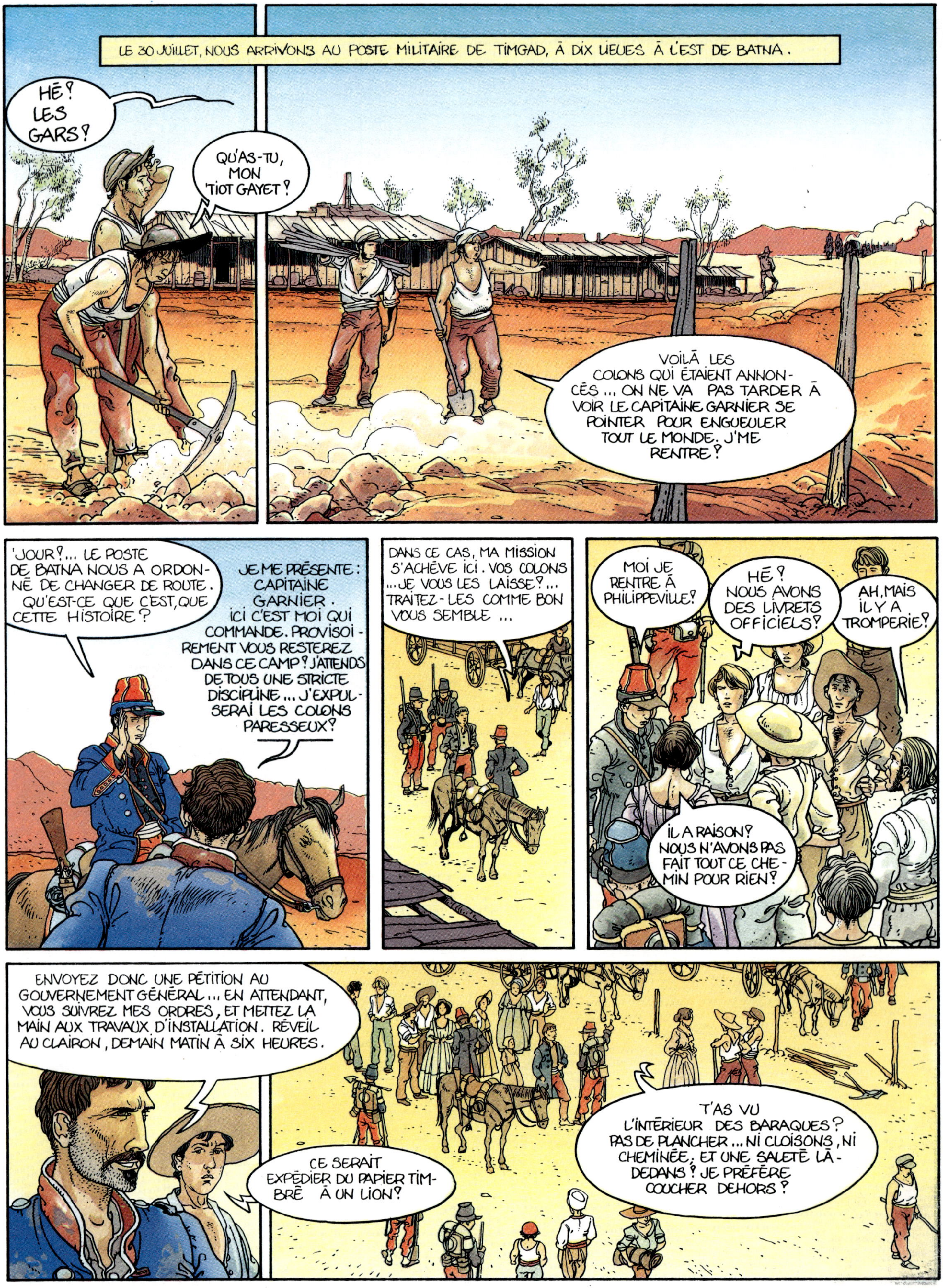
LE 30 JUILLET, NOUS ARRIVONS AU POSTE MILITAIRE DE TIMGAD, À DIX LIEUES À L'EST DE BATNA.
HÉ ! LES GARS !
QU'AS-TU, MON 'TIOT GAYET !
VOILÀ LES COLONS QUI ÉTAIENT ANNONCÉS ... ON NE VA PAS TARDER À VOIR LE CAPITAINE GARNIER SE POINTER POUR ENGUEULER TOUT LE MONDE. J'ME RENTRE !
'JOUR !... LE POSTE DE BATNA NOUS A ORDONNÉ DE CHANGER DE ROUTE. QU'EST-CE QUE C'EST, QUE CETTE HISTOIRE ?
JE ME PRÉSENTE : CAPITAINE GARNIER. ICI C'EST MOI QUI COMMANDE. PROVISOIREMENT VOUS RESTEREZ DANS CE CAMP ! J'ATTENDS DE TOUS UNE STRICTE DISCIPLINE ... J'EXPULSERAI LES COLONS PARESSEUX !
DANS CE CAS, MA MISSION S'ACHÈVE ICI. VOS COLONS ... JE VOUS LES LAISSE !... TRAITEZ-LES COMME BON VOUS SEMBLE ...
MOI JE RENTRE À PHILIPPEVILLE !
HÉ ! NOUS AVONS DES LIVRETS OFFICIELS !
AH, MAIS IL Y A TROMPERIE !
IL A RAISON ! NOUS N'AVONS PAS FAIT TOUT CE CHEMIN POUR RIEN !
ENVOYEZ DONC UNE PÉTITION AU GOUVERNEMENT GÉNÉRAL ... EN ATTENDANT, VOUS SUIVREZ MES ORDRES, ET METTEZ LA MAIN AUX TRAVAUX D'INSTALLATION. RÉVEIL AU CLAIRON, DEMAIN MATIN À SIX HEURES.
CE SERAIT EXPÉDIER DU PAPIER TIMBRÉ À UN LION !
T'AS VU L'INTÉRIEUR DES BARAQUES ? PAS DE PLANCHER ... NI CLOISONS, NI CHEMINÉE, ET UNE SALETÉ LÀ-DEDANS ! JE PRÉFÈRE COUCHER DEHORS !
20

ON VA ENCORE UNE FOIS SE DÉBARBOUILLER AVEC LA LUNE ET LA ROSÉE ! BONSOIR !
DEMAIN, ILS DEVRONT FAIRE DROIT À NOS CONCESSIONS OU JE LEUR FAIS BOUFFER MON LIVRET, MES CADETS !
DORS DONC GUILLAUME ET GARDE TON SOUFFLE POUR TRIMER !
!
BRANCAS !
AAAA...
TCHIIII...
ENCORE À NOUS SURVEILLER ! CETTE FOIS, MORICAUD, JE VEUX SAVOIR CE QUE TU CHERCHES.

Après quelques instants de marche, une immense ruine, confuse, s'ordonne tout à coup sous les yeux de Baptiste.
Le voilà!
Il s'est dérobé encore une fois, pas facile de se faire des amis dans ce pays!
Je vais te saigner, roumi! Pour t'apprendre à te mêler de nos affaires!
Paix, Kacem! Lâche-le!
Et suivez-moi!
22

POURQUOI NOUS AS-TU ÉPARGNÉS, BORIÈS ET MOI MAINTENANT? QUE VEUX-TU DE NOUS?...
TOI ET LES TIENS, VOUS POSEZ TOUJOURS TROP DE QUESTIONS, QUAND LA RÉPONSE EST SOUS VOS YEUX. REGARDE AUTOUR DE TOI; IL Y A LONGTEMPS, LES ROMAINS SONT VENUS ICI, À TIMGAD; ET QUE RESTE-T-IL DE LEUR PASSAGE? DES RUINES..!
JE NE VIENS PAS EN ENNEMI! IL EST DES TERRES OÙ IL Y A PLACE POUR TOUS, ET POUR VIVRE ENSEMBLE.
ÉCOUTE! NOUS SOMMES DE LA TRIBU DES OULED RIAH, DE LA VALLÉE DU CHÉLIF. NOTRE PÈRE FUT EMPRISONNÉ SUR L'ORDRE D'ABD EL KADER, PARCE QU'IL S'ÉTAIT SOUMIS AUX FRANÇAIS.
NOTRE FAMILLE DÉCIMÉE FUT DISPERSÉE, ENTRAÎNÉE VERS LE SUD, COMME ESCLAVE DE L'ÉMIR... JE VEUX REJOINDRE CE QUI RESTE DES MIENS, POUR...
POUR TE SERVIR DE NOUS, DE MOI, POUR TA VENGEANCE, PAR LA MENACE...
LES FRANÇAIS DOIVENT PAYER LE PRIX DE L'ALLIANCE QUE MON PÈRE AVAIT FAITE AVEC EUX... TES FRÈRES ONT PRIS NOS TERRES ABANDONNÉES...
POUR LES DONNER À DES COLONS COMME TOI! VOILÀ CE QUE FUT LA RÉCOMPENSE DE NOTRE FIDÉLITÉ ET DE NOS SOUFFRANCES POUR VOUS ...IL FAUDRA MARCHER AVEC NOUS!
MOI, DAOUD, JE TE SERVIRAI JUSQU'À LA MORT, SI TU M'AIDES À ACCOMPLIR CE QUE JE DOIS!... APRÈS, NOUS SERONS LIBRES, TOI ET MOI, OU ENNEMIS S'IL LE FAUT!
VOIS! LA PERDRIX EST LE SYMBOLE DE LA BEAUTÉ ET DE LA GRÂCE, MAIS ELLE NE S'ENFUIT PAS SANS RAISON!
TU AS DANS LE COEUR DE L'AMOUR AVEC LEQUEL TU ATTISES TA HAINE!

QU'EST-CE QUE VOUS FABRIQUEZ? JE TE CHERCHE PARTOUT DEPUIS UNE HEURE. ...ON REPREND LA ROUTE ...ET TOI, TU TE PROMÈNES SOUS LA LUNE?
BRANCAS? CHACUN PREND SON PLAISIR?JE VEUX FAIRE CONNAISSANCE AVEC CE PAYS, ET...
CEUX QUI Y VIVENT? ...POURQUOI CE DÉPART SUBIT? NOUS DEVIONS RESTER ICI QUELQUES JOURS!
TU DEVRAIS ÊTRE HABITUÉ AUX FANTAISIES DE MARNIAC?... QUANT À CE PAYS, TU APPRENDRAS À LE CONNAÎTRE PAR LA PELLE ET LA PIOCHE?... AUTRE CHOSE, BORIÈS A DEMANDÉ APRÈS DAOUD. UN EXPERT EN MANIGANCES CELUI-LÀ?
CHEF? TU VEUX ME VOIR?
ENFIN! J'AI BESOIN DE TE PARLER... EST-CE QUE BAPTISTE EST AVEC TOI?... IL ME VIENT UNE IDÉE.
QUELQUES INSTANTS PLUS TARD...
INSTALLEZ-VOUS... VOUS ALLEZ PEUT-ÊTRE POUVOIR M'ÊTRE UTILES TOUS LES DEUX?... CAR JE NE SUIS PLUS EN ÉTAT D'ALLER SI LOIN... JE NE FAISAIS PAS CE VOYAGE PAR PLAISIR...
EN ROUTE!
...J'AI UNE MISSION À MENER, J'EN SUIS EMPÊCHÉ PAR LE MAUVAIS SORT, ALORS ...J'AI PENSÉ À TOI DAOUD, ET À TOI BAPTISTE. UN MESSAGE À ACHEMINER...
...SUR BISKRA. J'AI CONFIANCE EN TOI, DAOUD ... BIEN QUE JE NE COMPRENNE PAS TON GESTE, QUI M'A SAUVÉ LA VIE?
MOI, KACEM, J'EN CONNAIS LA RAISON! ...IL T'A SAUVÉ ... PARCE QUE TU ES MUSULMAN?
... MUSULMAN? FRANÇAIS ET MUSULMAN?

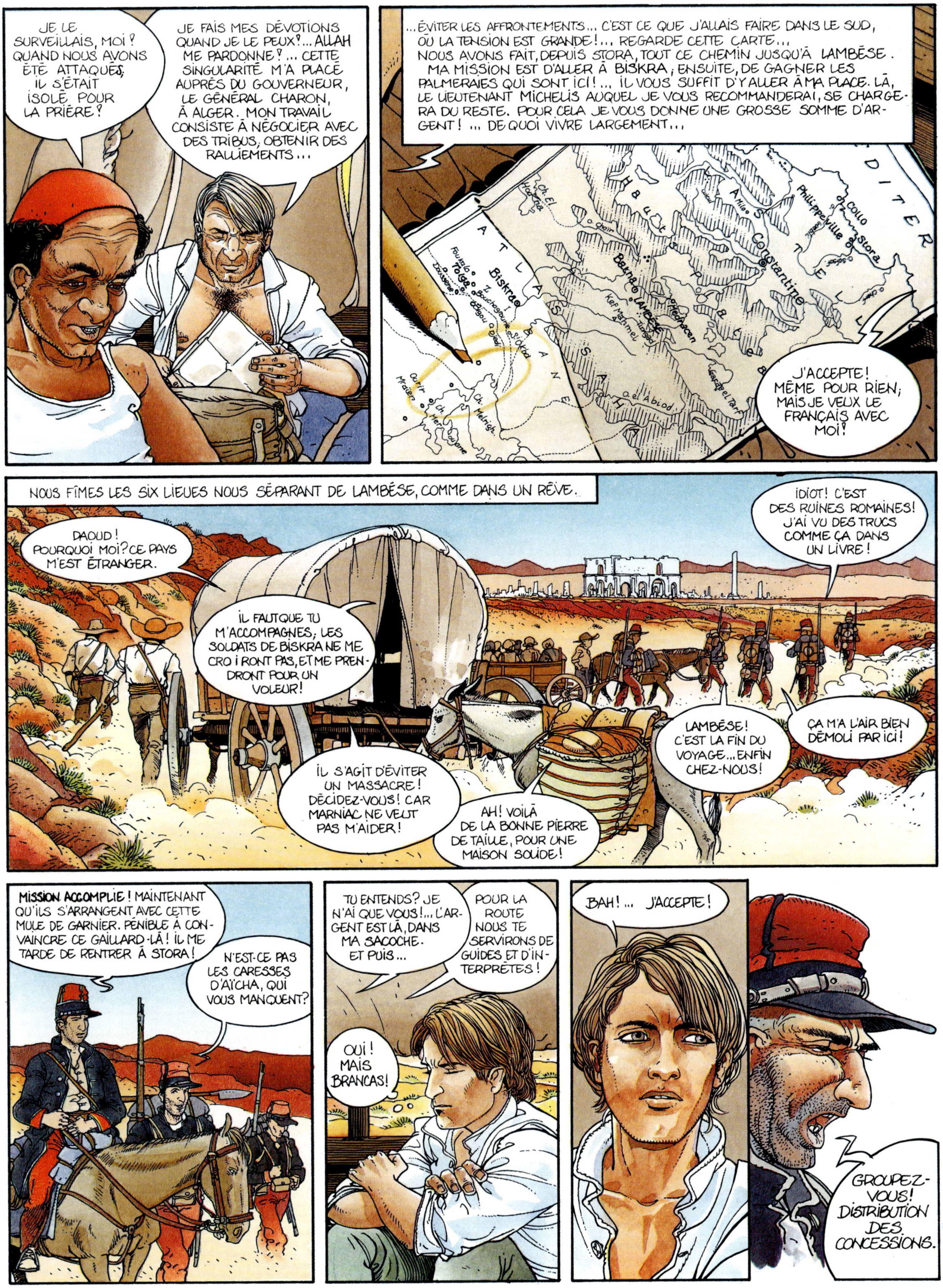
JE LE SURVEILLAIS, MOI ? QUAND NOUS AVONS ÉTÉ ATTAQUÉS, IL S'ÉTAIT ISOLÉ POUR LA PRIÈRE !
JE FAIS MES DÉVOTIONS QUAND JE LE PEUX ! ... ALLAH ME PARDONNE ! ... CETTE SINGULARITÉ M'A PLACÉ AUPRÈS DU GOUVERNEUR, LE GÉNÉRAL CHARON, À ALGER. MON TRAVAIL CONSISTE À NÉGOCIER AVEC DES TRIBUS, OBTENIR DES RALLIEMENTS ...
... ÉVITER LES AFFRONTEMENTS ... C'EST CE QUE J'ALLAIS FAIRE DANS LE SUD, OÙ LA TENSION EST GRANDE ! ... REGARDE CETTE CARTE ... NOUS AVONS FAIT, DEPUIS STORA, TOUT CE CHEMIN JUSQU'À LAMBÈSE. MA MISSION EST D'ALLER À BISKRA ; ENSUITE, DE GAGNER LES PALMERAIES QUI SONT ICI ! ... IL VOUS SUFFIT D'Y ALLER À MA PLACE. LÀ, LE LIEUTENANT MICHELIS AUQUEL JE VOUS RECOMMANDERAI, SE CHARGERA DU RESTE. POUR CELA JE VOUS DONNE UNE GROSSE SOMME D'ARGENT ! ... DE QUOI VIVRE LARGEMENT ...
Biskra
Lambèse
Constantine
Philippeville
Stora
Collo
J'ACCEPTE ! MÊME POUR RIEN ; MAIS JE VEUX LE FRANÇAIS AVEC MOI !
NOUS FÎMES LES SIX LIEUES NOUS SÉPARANT DE LAMBÈSE, COMME DANS UN RÊVE.
DAOUD ! POURQUOI MOI ? CE PAYS M'EST ÉTRANGER.
IL FAUT QUE TU M'ACCOMPAGNES ; LES SOLDATS DE BISKRA NE ME CROIRONT PAS, ET ME PRENDRONT POUR UN VOLEUR !
IL S'AGIT D'ÉVITER UN MASSACRE ! DÉCIDEZ-VOUS ! CAR MARNIAC NE VEUT PAS M'AIDER !
AH ! VOILÀ DE LA BONNE PIERRE DE TAILLE, POUR UNE MAISON SOLIDE !
LAMBÈSE ! C'EST LA FIN DU VOYAGE ... ENFIN CHEZ-NOUS !
IDIOT ! C'EST DES RUINES ROMAINES ! J'AI VU DES TRUCS COMME ÇA DANS UN LIVRE !
ÇA M'A L'AIR BIEN DÉMOLI PAR ICI !
MISSION ACCOMPLIE ! MAINTENANT QU'ILS S'ARRANGENT AVEC CETTE MULE DE GARNIER. PÉNIBLE À CONVAINCRE CE GAILLARD-LÀ ! IL ME TARDE DE RENTRER À STORA !
N'EST-CE PAS LES CARESSES D'AÏCHA, QUI VOUS MANQUENT ?
TU ENTENDS ? JE N'AI QUE VOUS ! ... L'ARGENT EST LÀ, DANS MA SACOCHE. ET PUIS ...
POUR LA ROUTE NOUS TE SERVIRONS DE GUIDES ET D'INTERPRÈTES !
OUI ! MAIS BRANCAS !
BAH ! ... J'ACCEPTE !
GROUPEZ-VOUS ! DISTRIBUTION DES CONCESSIONS.

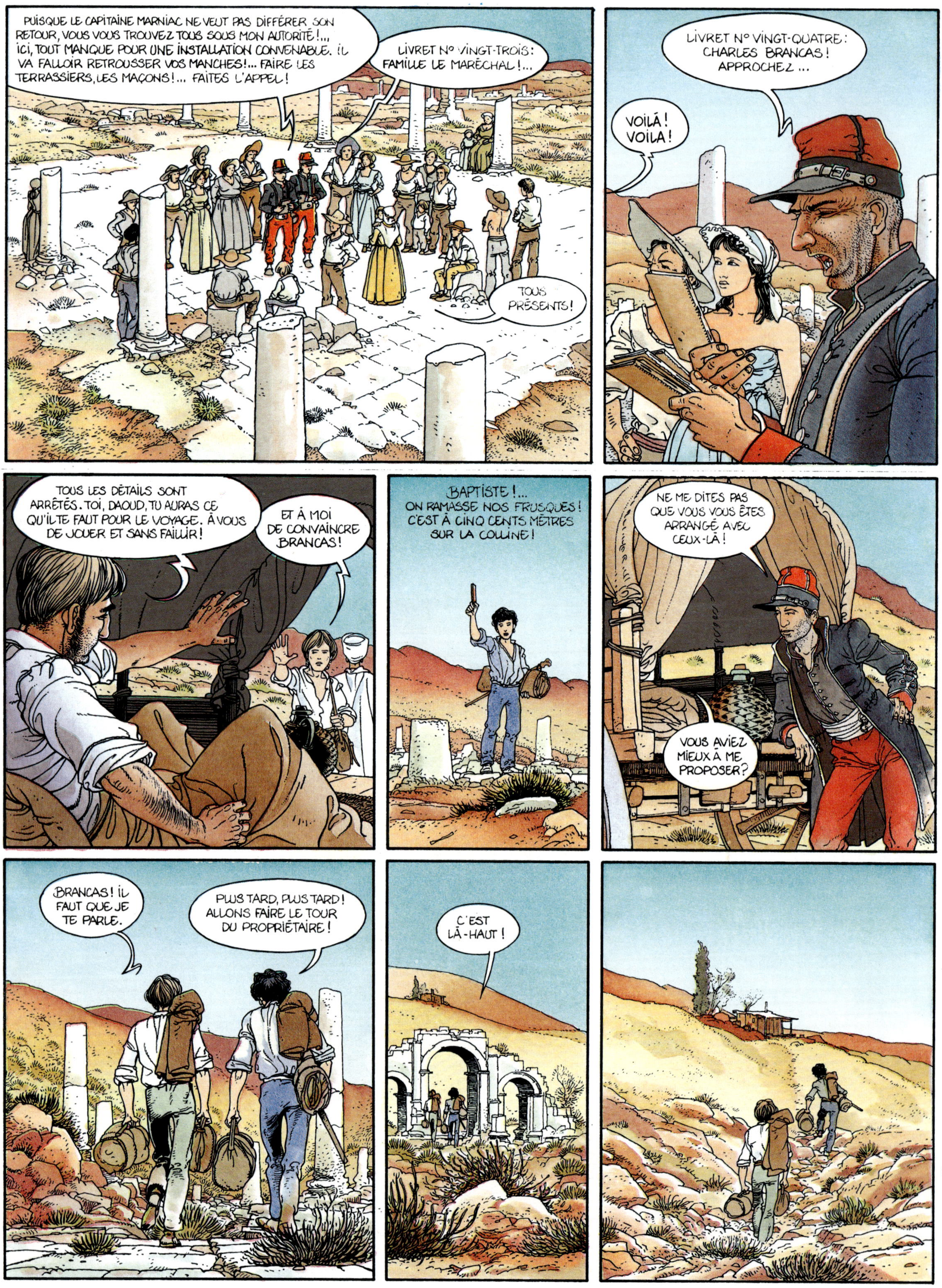
PUISQUE LE CAPITAINE MARNIAC NE VEUT PAS DIFFÉRER SON RETOUR, VOUS VOUS TROUVEZ TOUS SOUS MON AUTORITÉ !... ICI, TOUT MANQUE POUR UNE INSTALLATION CONVENABLE. IL VA FALLOIR RETROUSSER VOS MANCHES !... FAIRE LES TERRASSIERS, LES MAÇONS !... FAITES L'APPEL !
LIVRET Nº VINGT-TROIS : FAMILLE LE MARÉCHAL !...
TOUS PRÉSENTS !
LIVRET Nº VINGT-QUATRE : CHARLES BRANCAS ! APPROCHEZ ...
VOILÀ ! VOILÀ !
TOUS LES DÉTAILS SONT ARRÊTÉS. TOI, DAOUD, TU AURAS CE QU'IL TE FAUT POUR LE VOYAGE. À VOUS DE JOUER ET SANS FAILLIR !
ET À MOI DE CONVAINCRE BRANCAS !
BAPTISTE !... ON RAMASSE NOS FRUSQUES ! C'EST À CINQ CENTS MÈTRES SUR LA COLLINE !
NE ME DITES PAS QUE VOUS VOUS ÊTES ARRANGÉ AVEC CEUX-LÀ !
VOUS AVIEZ MIEUX À ME PROPOSER ?
BRANCAS ! IL FAUT QUE JE TE PARLE.
PLUS TARD, PLUS TARD ! ALLONS FAIRE LE TOUR DU PROPRIÉTAIRE !
C'EST LÀ-HAUT !

TOI, LE CHARPENTIER, TU VAS REMETTRE TOUT EN PLACE EN UN TOUR DE MAIN ! QUELQUES JOURS SUFFIRONT...
BRANCAS ! JE VAIS PARTIR !
POURQUOI PARTIR ?
J'AI DES MESSAGES À CONVOYER VERS BISKRA...
JE NE SERAI ABSENT QUE QUELQUES JOURS !...
J'AI REÇU UNE AVANCE !
BRANCAS ÉCOUTE !...
ARRÊTE BANDIT ! UN MOT DE PLUS ET JE TE TUE !
DAOUD, LE ROUMI NE VIENDRA PAS !
LA PAIX ! IL A PRIS SA PART DE ROI ! IL VIENDRA. ALLONS, PRÉPARE-TOI !
TU T'ES LAISSÉ EMBOBINER PAR DES LASCARDS ! APRÈS TOUT CE QUE NOUS AVONS ENDURÉ ?!...
...JE VOUS AI TRAÎNÉS TOUS AVEC MOI, ET POUR FINIR, TU ME LAISSES TOMBER, SALAUD !
QU'IL SE COUCHE ET S'ENDORME AVANT QUE MON COURAGE NE S'ENVOLE.

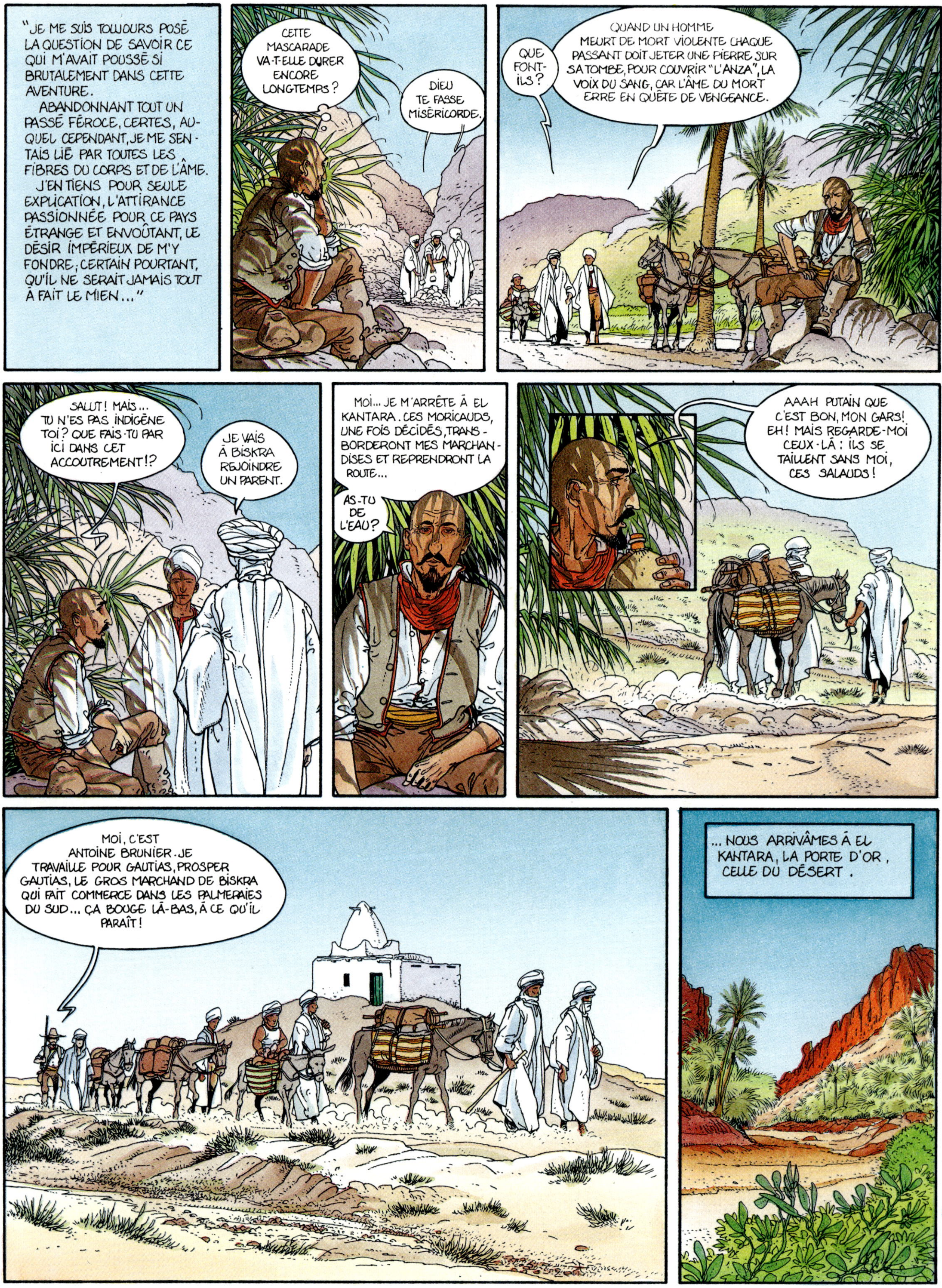
"JE ME SUIS TOUJOURS POSÉ LA QUESTION DE SAVOIR CE QUI M'AVAIT POUSSÉ SI BRUTALEMENT DANS CETTE AVENTURE.
ABANDONNANT TOUT UN PASSÉ FÉROCE, CERTES, AUQUEL CEPENDANT, JE ME SENTAIS LIÉ PAR TOUTES LES FIBRES DU CORPS ET DE L'ÂME.
J'EN TIENS POUR SEULE EXPLICATION, L'ATTIRANCE PASSIONNÉE POUR CE PAYS ÉTRANGE ET ENVOÛTANT, LE DÉSIR IMPÉRIEUX DE M'Y FONDRE ; CERTAIN POURTANT, QU'IL NE SERAIT JAMAIS TOUT À FAIT LE MIEN..."
CETTE MASCARADE VA-T-ELLE DURER ENCORE LONGTEMPS ?
DIEU TE FASSE MISÉRICORDE.
QUE FONT-ILS ?
QUAND UN HOMME MEURT DE MORT VIOLENTE CHAQUE PASSANT DOIT JETER UNE PIERRE SUR SA TOMBE, POUR COUVRIR "L'ANZA", LA VOIX DU SANG, CAR L'ÂME DU MORT ERRE EN QUÊTE DE VENGEANCE.
SALUT ! MAIS... TU N'ES PAS INDIGÈNE TOI ? QUE FAIS-TU PAR ICI DANS CET ACCOUTREMENT !?
JE VAIS À BISKRA REJOINDRE UN PARENT.
MOI... JE M'ARRÊTE À EL KANTARA. CES MORICAUDS, UNE FOIS DÉCIDÉS, TRANSBORDERONT MES MARCHANDISES ET REPRENDRONT LA ROUTE...
AS-TU DE L'EAU ?
AAAH PUTAIN QUE C'EST BON, MON GARS ! EH ! MAIS REGARDE-MOI CEUX-LÀ : ILS SE TAILLENT SANS MOI, CES SALAUDS !
MOI, C'EST ANTOINE BRUNIER. JE TRAVAILLE POUR GAUTIAS, PROSPER GAUTIAS, LE GROS MARCHAND DE BISKRA QUI FAIT COMMERCE DANS LES PALMERAIES DU SUD... ÇA BOUGE LÀ-BAS, À CE QU'IL PARAÎT !
... NOUS ARRIVÂMES À EL KANTARA, LA PORTE D'OR, CELLE DU DÉSERT.
28.

JE CHARGE DES DATTES, DES POTERIES, ET JE REMONTE SUR BATNA. JE NE TIENS PAS À M'ÉTERNISER DANS CE COIN! LA CARAVANE, ELLE, DESCEND SUR BISKRA, AVEC DE LA SEMENCE, DE LA VAISSELLE, ENFIN TOUT CE QUE LES EUROPÉENS CROIENT UTILE DE POSSÉDER ICI ... GAUTIAS SAIT CE QU'IL FAIT!
MAIS RAMASSE DONC, ABRUTI!
DE LA SEMENCE "À FUSIL"... OUI!
ALLEZ! FINISSONS-EN, TAS DE FAINÉANTS!... ET TOI, IDIOT, TON COMPTE SERA VITE FAIT!
IL FUT AISÉ DE NOUS ACCORDER AVEC LES CHAMELIERS, POUR FAIRE ROUTE ENSEMBLE. KACEM FIT MERVEILLE ...
DE LA POUDRE?
LÀ OÙ IL Y A UNE GUERRE QUI COUVE, ON TROUVE TOUJOURS UN PRENEUR POUR CETTE MARCHANDISE.
... SANS RETARD, LA CARAVANE S'ÉBRANLA VERS BISKRA. NOUS ENTRIONS DANS LA BOUCHE DU DÉSERT ...
29

MARABOUT : MOINE GUERRIER . KHALIFA : CHEF MILITAIRE . LEZMA : IMPÔT SUR LES PALMIERS

VERS LA MI-SEPTEMBRE 1849, J'ÉTAIS EN VUE DE BISKRA, LA VILLE REINE DES ZIBANS...
CETTE CARAVANE EST PASSÉE !... LA ROUTE DE BATNA EST TOUJOURS LIBRE.
C'EST PAS QUELQUES POUILLEUX EXCITÉS QUI VONT NOUS CHASSER D'ICI !
ALORS, MES FILS ! ON NE VOUS A POINT COUPÉ LES OREILLES ?
CHEF ! NOUS VOULONS VOIR LE LIEUTENANT MICHELIS, C'EST GRAVE !
EH ! IL Y A MIEUX À FAIRE DANS CETTE RUE CHAUDE ! C'EST PLEIN DE FEMMES DANS LEURS PETITES MAISONS ! AH ! AH ! AH !
J'ARRIVE DE BATNA. J'AI UN MESSAGE À LUI REMETTRE !
ON N'Y PEUT RIEN ! VOYEZ AU POSTE... SUR LA GRAND-PLACE.
EH ! NE PARTEZ PAS COMME DES VOLEURS, ON CHERCHE UN INTERPRÈTE POUR FAIRE LA CONVERSATION À CES DAMES !
POUR CES AFFAIRES-LÀ, PARLER AVEC LES MAINS SUFFIT !
AH ! AH ! AH !
JE N'AI PAS BIEN COMRIS !
C'EST LA RUE DES OULED-NAÏLS, LA RUE DES PROSTITUÉES DE BISKRA !
NOUS Y SOMMES !
NE SOIS PAS FROISSÉ, DAOUD, MAIS IL EST PRÉFÉRABLE QUE J'Y ENTRE SEUL, POUR EXPLIQUER MON AFFAIRE !

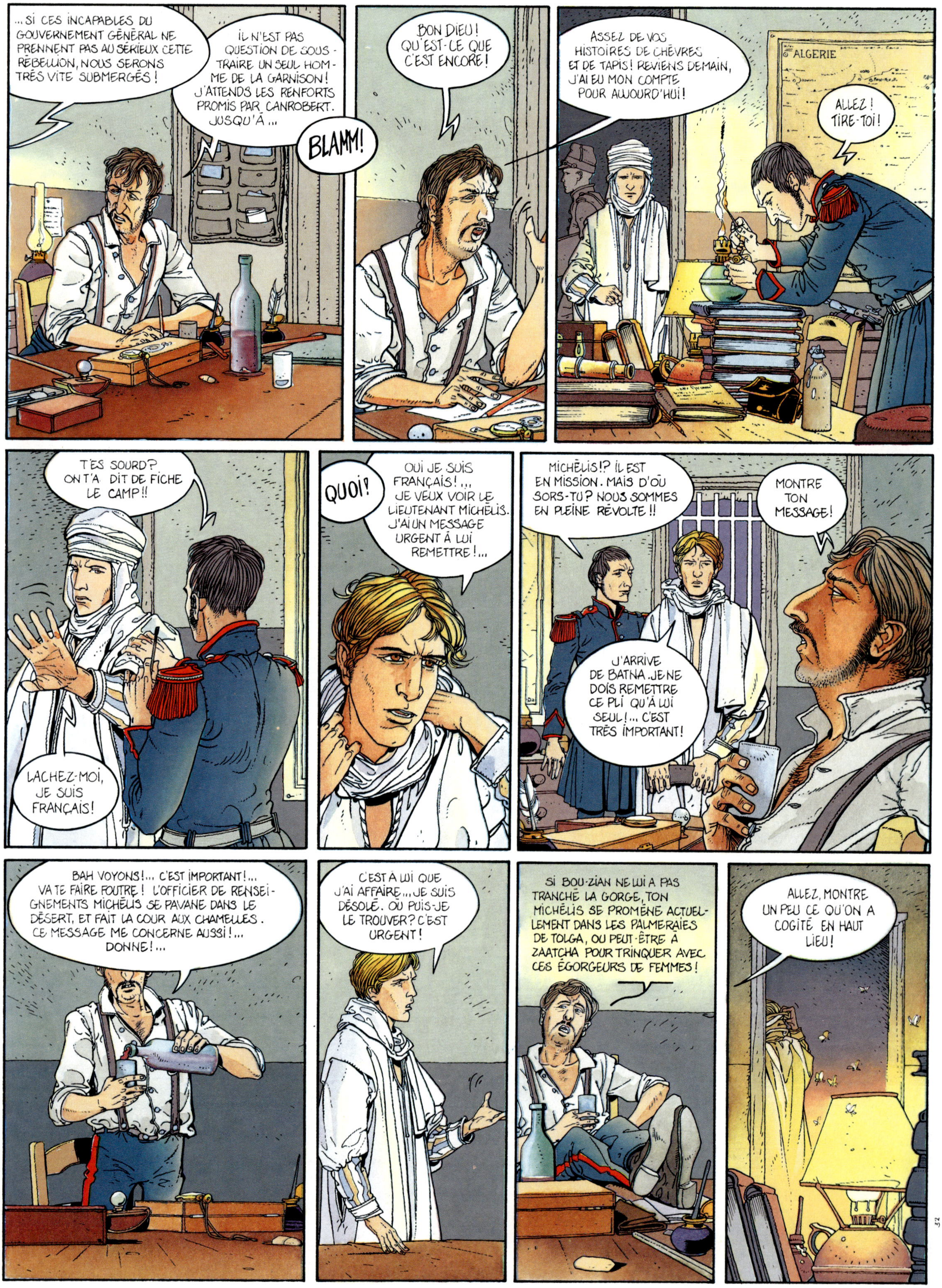

...SI CES INCAPABLES DU GOUVERNEMENT GÉNÉRAL NE PRENNENT PAS AU SÉRIEUX CETTE RÉBELLION, NOUS SERONS TRÈS VITE SUBMERGÉS !
IL N'EST PAS QUESTION DE SOUSTRAIRE UN SEUL HOMME DE LA GARNISON ! J'ATTENDS LES RENFORTS PROMIS PAR CANROBERT. JUSQU'À ...
BLAMM!
BON DIEU ! QU'EST-CE QUE C'EST ENCORE !
ASSEZ DE VOS HISTOIRES DE CHÈVRES ET DE TAPIS ! REVIENS DEMAIN, J'AI EU MON COMPTE POUR AUJOURD'HUI !
ALGERIE
ALLEZ ! TIRE-TOI !
T'ES SOURD ? ON T'A DIT DE FICHE LE CAMP !!
LACHEZ-MOI, JE SUIS FRANÇAIS !
QUOI !
OUI JE SUIS FRANÇAIS !... JE VEUX VOIR LE LIEUTENANT MICHÉLIS. J'AI UN MESSAGE URGENT À LUI REMETTRE !...
MICHÉLIS !? IL EST EN MISSION. MAIS D'OÙ SORS-TU ? NOUS SOMMES EN PLEINE RÉVOLTE !!
MONTRE TON MESSAGE !
J'ARRIVE DE BATNA. JE NE DOIS REMETTRE CE PLI QU'À LUI SEUL !... C'EST TRÈS IMPORTANT !
BAH VOYONS !... C'EST IMPORTANT !... VA TE FAIRE FOUTRE ! L'OFFICIER DE RENSEIGNEMENTS MICHÉLIS SE PAVANE DANS LE DÉSERT, ET FAIT LA COUR AUX CHAMELLES. CE MESSAGE ME CONCERNE AUSSI !... DONNE !...
C'EST À LUI QUE J'AI AFFAIRE... JE SUIS DÉSOLÉ. OÙ PUIS-JE LE TROUVER ? C'EST URGENT !
SI BOU-ZIAN NE LUI A PAS TRANCHÉ LA GORGE, TON MICHÉLIS SE PROMÈNE ACTUELLEMENT DANS LES PALMERAIES DE TOLGA, OU PEUT-ÊTRE À ZAATCHA POUR TRINQUER AVEC CES ÉGORGEURS DE FEMMES !
ALLEZ, MONTRE UN PEU CE QU'ON A COGITÉ EN HAUT LIEU !

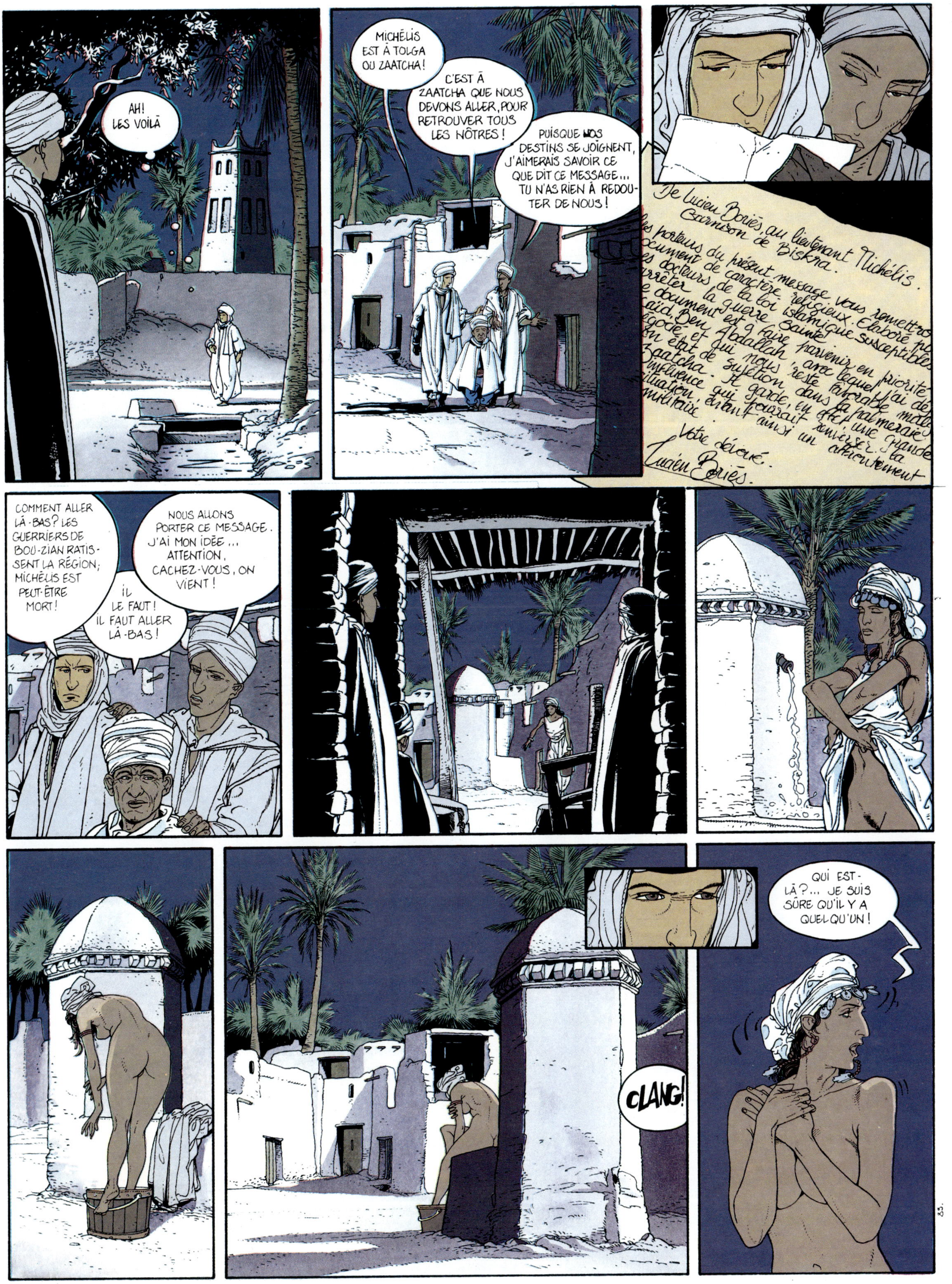
AH! LES VOILÀ
MICHÉLIS EST À TOLGA OU ZAATCHA!
C'EST À ZAATCHA QUE NOUS DEVONS ALLER, POUR RETROUVER TOUS LES NÔTRES!
PUISQUE NOS DESTINS SE JOIGNENT, J'AIMERAIS SAVOIR CE QUE DIT CE MESSAGE... TU N'AS RIEN À REDOUTER DE NOUS!
De Lucien Boriès, au lieutenant Michélis.
Garnison de Biskra.
les porteurs du présent message vous remettro
ocument de caractère religieux. Elaboré p
es docteurs de la loi islamique susceptibles
rrêter la guerre sainte.
e document est à faire parvenir en priorité
aïd Ben Abdallah avec lequel j'ai dé
égocié, et qui nous reste favorable malg
n état de sujétion dans la palmeraie
Zaatcha. Il garde, en effet, une grande
d'influence qui pourrait renverser la
situation, évitant ainsi un affrontement
militaire.
Votre dévoué.
Lucien Boriès.
COMMENT ALLER LÀ-BAS? LES GUERRIERS DE BOU-ZIAN RATISSENT LA RÉGION; MICHÉLIS EST PEUT-ÊTRE MORT!
IL LE FAUT! IL FAUT ALLER LÀ-BAS!
NOUS ALLONS PORTER CE MESSAGE. J'AI MON IDÉE... ATTENTION, CACHEZ-VOUS, ON VIENT!
CLANG!
QUI EST-LÀ?... JE SUIS SÛRE QU'IL Y A QUELQU'UN!

* LA LUNE VOIT : 1er QUARTIER   * DJEMABA : MALÉDICTION DU CÉLIBAT.

* DJEMAA : ASSEMBLÉE.

* AUTHENTIQUE : BOU-ZIAN FUT PORTEUR D'EAU À ALGER.

* FETTOUA : DÉCISION DE CARACTÈRE RELIGIEUX.   * ULEMAS : DOCT. DE LA FOI.

* KHOUANS : LES FIDÈLES .

* ÉMIR ABD EL KHADER. (PRATIQUE AUTHENTIQUE.)

VOS JAMBES SONT TROP LONGUES POUR MOI !
C'EST MA JOURNÉE DE GLOIRE, VOYEZ LA PUISSANCE DU...
NAIN KACEM ! CE NAIN QUE VOUS AVEZ INJURIÉ CHAQUE JOUR ! ... SEULE LA VIEILLESSE ME ...
... ME PRENDRA !
AAAAHH !

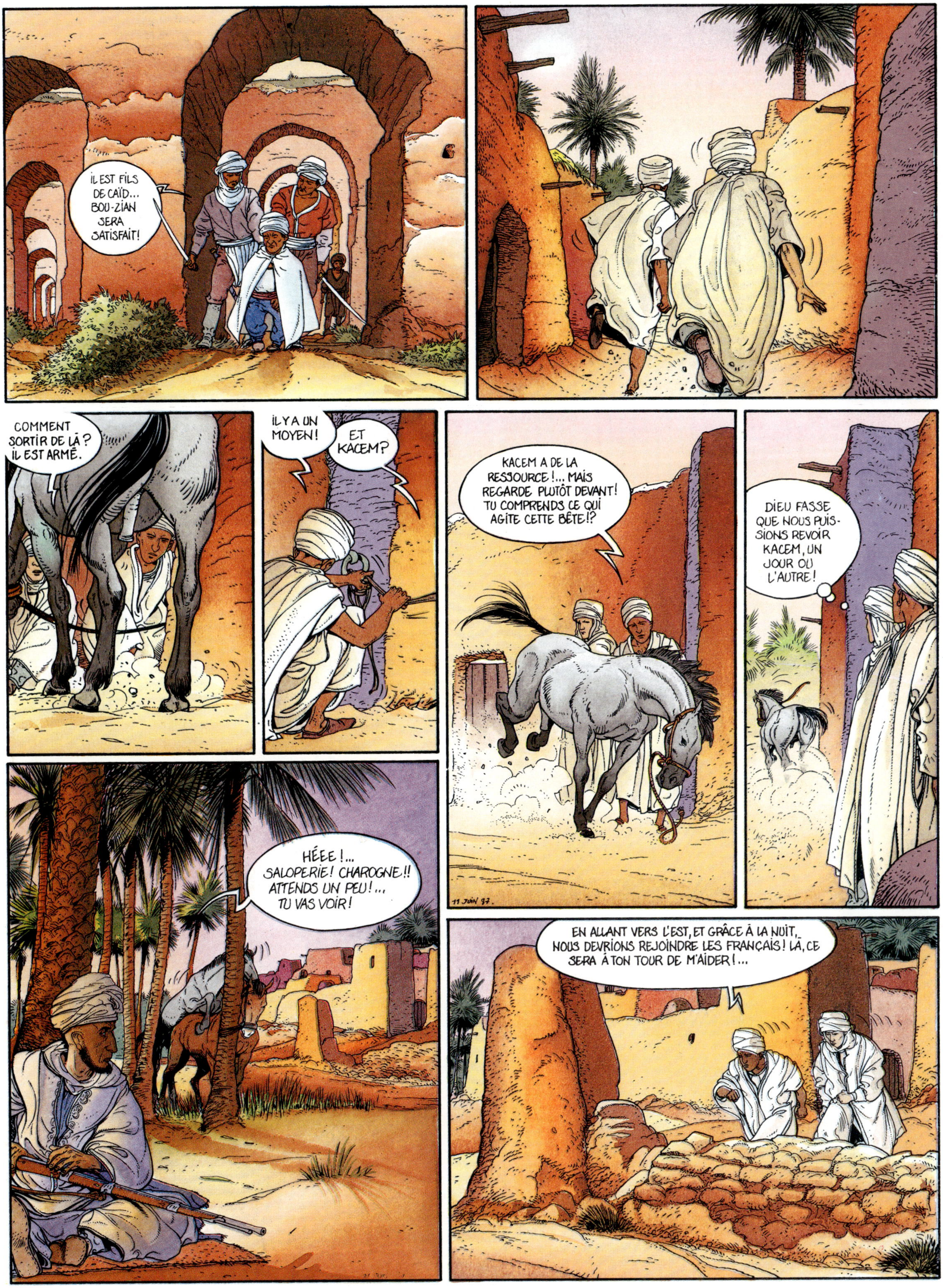
IL EST FILS DE CAÏD... BOU-ZIAN SERA SATISFAIT!
COMMENT SORTIR DE LÀ? IL EST ARMÉ.
IL Y A UN MOYEN!
ET KACEM?
KACEM A DE LA RESSOURCE!... MAIS REGARDE PLUTÔT DEVANT! TU COMPRENDS CE QUI AGITE CETTE BÊTE!?
DIEU FASSE QUE NOUS PUISSIONS REVOIR KACEM, UN JOUR OU L'AUTRE!
HÉEE!... SALOPERIE! CHAROGNE!! ATTENDS UN PEU!... TU VAS VOIR!
EN ALLANT VERS L'EST, ET GRÂCE À LA NUIT, NOUS DEVRIONS REJOINDRE LES FRANÇAIS! LÀ, CE SERA À TON TOUR DE M'AIDER!...

SALOPERIE DE VIEILLE CARNE!... FOUS L'CAMP?!
HÉÉÉE!! ... SI BOU-ZIAN APPREND CETTE AFFAIRE-LÀ, J'Y PERDS L'AUTRE OREILLE!
...SONT DÉJÀ LOIN! IL FAUT TENTER!
CRAK
UNE DEMI-HEURE PLUS TARD.
LE TIR A CESSÉ! À MON AVIS, IL N'Y A PAS PLUS DE DEUX FUSILS!
RIEN NE BOUGE... SI!... DEVANT!... DEUX TYPES!...
...QUI VIENNENT PAR ICI... ILS N'ONT PAS L'AIR D'ÊTRE ARMÉS! LAISSE-LES APPROCHER!
CES MANGEURS DE DATTES SONT TOUS DES AMATEURS DE COUPS FOURRÉS!
J'AI FACE À MOI, DEUX CIBLES BIEN PROPRES; JE NE VAIS PAS ME PRIVER!!
ATTENDS! L'UN D'EUX FAIT DES SIGNES!
QUI VA LÀ!
NE TIREZ PAS! NE TIREZ PAS! VOYEZ... JE SUIS FRANÇAIS!

CE NABOT SERA CHÂTIÉ SELON LA CHARIA , CELLE QUI CONDAMNE AU TOURMENT L'ASSASSIN DE SON MAÎTRE.
BOU-ZIAN ! LE CHEIKH M'A INSULTÉ ! IL A PORTÉ LA MAIN SUR MOI ! KACEM, CE NOBLE FILS A ÉTÉ MON BRAS ARMÉ, POUR MON HONNEUR ! C'EST MOI, SI TU L'OSES, QUE TU DOIS TOURMENTER !
NATURELLE, TA MORT NE RECEVRA QUE L'ÉCHO DE LA SOLITUDE ! PROVOQUÉE, ELLE RISQUE D'ÊTRE INTERPRÉTÉE COMME L'ULTIME SACRIFICE... JE NE PENSE PAS T'OFFRIR CE LUXE !
NE M'ACCUSE PAS DE TRAÎTRISE ! CE PROTOCOLE DES ULEMAS DE KAIROUAN EST AUTHENTIQUE, NOUS DEVONS NOUS Y SOUMETTRE !
JE NE TE CROIS PAS !!
LIS TOI-MÊME ! SI TU ES AUSSI PIEUX QUE TU LE MONTRES, TU TE SOUMETTRAS COMME CHACUN DE NOUS !
JE NE VOIS LÀ QU'UNE MORALE D'ESCLAVE, UNE RUSE ! ET LA RUSE EST UNE AFFAIRE DE FEMMES !
LES ROUMIS EXIGENT DE NOUS UN NOUVEAU SERMENT QUI ROMPT LES ANCIENNES LOYAUTÉS ! NOUS DEVONS VIVRE AVEC EUX, TANT QU'ILS NOUS RESPECTERONT !
VIVRE COUCHÉS ! C'EST CELA QU'ON NOUS PROPOSE !... JAMAIS !!
ASSEZ ! VIEILLARD SÉNILE ! Y FAUDRAIT-IL DES FLOTS DE SANG, LA VOLONTÉ DU PROPHÈTE SERA RESPECTÉE !... MA FOI EST PURE... DURE COMME CET ACIER !...
...JE SUBMERGERAI DE MES TROUPES TOUTE L'ALGÉRIE, JUSQU'À POUSSER MON CHEVAL DANS LES FLOTS DE LA MER !... AINSI QU'IL FUT FAIT PAR NOTRE SAINT OKBA BEN NAFI... QUE SE MÊLENT EN CETTE GUERRE SAINTE, LE FER ET LE FEU !...

TU DIS VRAI, BAPTISTE! MICHELIS A ÉTÉ TUÉ, MAIS IL AVAIT PARLÉ DE CE MESSAGE. ON SAVAIT QUE SI CERTAINS CAÏDS EN AVAIENT CONNAISSANCE, ILS SE DÉTACHERAIENT DE BOU-ZIAN!
JE DOUTE DE L'EFFICACITÉ DE NOTRE ENTREPRISE!
CE TEXTE SACRÉ A EU SON EFFET SUR UNE GRANDE PARTIE DU TERRITOIRE!
CES RETOURNEMENTS SONT UNE DES FACES DU CARACTÈRE DE NOTRE PEUPLE... ET BOU-ZIAN EST UN BEAU PARLEUR, SOUCIEUX D'ENTRER DANS LA GLOIRE!
NOS AVANT-POSTES SONT LÀ POUR PRÉVENIR TOUS SES MOUVEMENTS!
LA PARTIE SERA RUDE!
CANROBERT ARRIVE AVEC L'ARTILLERIE! IL FAIT LE VIDE DEVANT LUI, CAR IL EST MALADE DU... CHOLÉRA!
LÀ! REGARDEZ! UN CAVALIER!
Á VOS POSTES!
CELUI-LA EST ARMÉ, ET NOUS APPORTE UN GROS PAQUET!
JE VAIS FAIRE UN JOLI TROU DANS LA TÊTE DE CE CAVALIER... IL PAIERA POUR LE COLONEL PETIT...
...QU'ON A TROUVÉ ÉGORGÉ AVANT-HIER!

HAMDULLAH!
CRAK CRAK
LOUANGE À DIEU QUI PUNIT LES MÉCHANTS! TU DOIS REJOINDRE LE MONDE DES MORTS ET DES SONGES! AINSI QUE TOUS TES FRÈRES!
CRAC
HÉÉ !!... CAPORAL! VENEZ VOIR! C'EST UN VIEILLARD!
CE SERA DIFFICILE DE RECOLLER LES MORCEAUX, GRAND-PÈRE!
BRÂÂÂOOO!
MON ONCLE!!
AH! IL Y A UN MESSAGE! ...
EN QUINZE ANS DE CARRIÈRE, J'AI RAREMENT VU ÇA!
BIENTÔT, NOUS ATTAQUERONS, NOUS VAINCRONS, ET NOUS ENVERRONS À VOTRE GOUVERNEUR À ALGER, DES CARAVANES CHARGÉES DE VOS MAINS, VOS TÊTES, AVEC LA MALÉDICTION DE BOUZIAN SUR TOUS CEUX DE VOTRE RACE.
DAOUD... JE VAIS REJOINDRE LES ÂMES... DE L'AUTRE VIE... JE M'ÉLÈVERAI COMME LA BRUME... FLEURIRAI COMME LE PRINTEMPS... ... LE COEUR SOUILLÉ DE SANG DEVIENT FOU!... MAIS L'ANNÉE QUI VIENT... SERA BLANCHE COMME LE LAIT... VERTE COMME LE DATTIER, NOURRISSANTE... COMME LES FRUITS SECS!
MON ONCLE! LES INVISIBLES VOUS PROTÈGENT. VOUS NE MOURREZ PAS!... VOUS ÊTES SOUS LA GARDE DE GABRIEL LE PUISSANT!...

LE 30 OCTOBRE, APRÈS UN LONG BOMBARDEMENT DE SIÈGE POUR RÉDUIRE LES KSARS, QUI DEVAIENT PROTÉGER ZAATCHA, LA PALMERAIE FUT INVESTIE, MAISON PAR MAISON, EN QUELQUES HEURES, PAR L'ARMÉE.
BOU-ZIAN ET SON FILS FURENT TUÉS, COMME NOMBRE DE SES GUERRIERS ET DE SOLDATS; LA POPULATION DISPERSÉE, DISSÉMINÉE DANS

LES AUTRES PALMERAIES, À TOLGA, SIDI OKBA, ET PLUS LOIN ENCORE. UNE SORTE DE CONTRAT D'ALLIANCE, SI IMPORTANT DANS LA PENSÉE RELIGIEUSE MUSULMANE, ÉTAIT ÉTABLI ENTRE BAPTISTE ET DAOUD. LEURS DESTINS NE POUVAIENT SE SÉPARER, COMME IL SERA CONTÉ DANS LE TOME QUATRE DES CHRONIQUES DE LA MAISON LE QUÉANT :

" LEÏLA "

SCÉNARIO : DANIEL BARDET. DESSIN : PATRICK JUSSEAUME. COULEURS : J.J. et Y. CHAGNAUD.